普里什文

Лесная капель

林中

水滴

[俄罗斯] 普里什文 著

石国雄 译

北京大学出版社
PEKING UNIVERSITY PRESS

图书在版编目（CIP）数据

林中水滴 /（俄罗斯）普里什文著；石国雄译. — 北京：北京大学出版社，2017.10
ISBN 978-7-301-28039-3

Ⅰ.①林… Ⅱ.①普… ②石… Ⅲ.①散文集—俄罗斯—现代 Ⅳ.①I512.65

中国版本图书馆CIP数据核字(2017)第024547号

书　　名	林中水滴 Linzhong Shuidi
著作责任者	［俄罗斯］普里什文　著　石国雄　译
责任编辑	朱丽娜
标准书号	ISBN 978-7-301-28039-3
出版发行	北京大学出版社
地　　址	北京市海淀区成府路205号　100871
网　　址	http://www.pup.cn　新浪微博:@北京大学出版社
电子信箱	zln0120@163.com
电　　话	邮购部62752015　发行部62750672　编辑部62754382
印　刷　者	北京中科印刷有限公司
经　销　者	新华书店
	880毫米×1230毫米　A5　8.125印张　180千字 2017年10月第1版　2023年5月第6次印刷
定　　价	48.00元

未经许可，不得以任何方式复制或抄袭本书之部分或全部内容。
版权所有，侵权必究
举报电话：010-62752024　电子信箱：fd@pup.pku.edu.cn
图书如有印装质量问题，请与出版部联系，电话：010-62756370

愿你感受到大自然的野性和呼吸

许智宏

人类自进入农耕社会至今，社会经济的发展已跟过去有了极大的不同，全球人口的快速增长、经济全球化、科学技术的飞速发展、全球气候变化，都对人类和大自然产生了很大的影响。而就科学技术的发展及其对社会的影响、人口和粮食安全、环境和可持续发展等话题，每年都会引发全世界范围内的会议讨论。大家更乐于接受这样的观点，科学技术的发展对我们社会的影响是正面的，但同时我们往往忽略了其负面的影响；人类的活动对我们赖以生存的地球产生了极大的影响，如全球气候变暖、生物种类急剧减少等等。其实，伟人恩格斯早就警告过人类："……我们不要过分陶醉于我们对自然界的胜利。对于每一次这样的胜利，自然界都报复了我们。"

我自己是学习植物学的，在我所在的学科领域，分子生物学和生物技术已经可以实现对特定基因的剪辑和编写，但是这并不就意味着，大自然已被人类部分地征服。未来人类有可能利用基因和合成生物学技术创造出全新的物种，但依然改变不了物质世界的基本规律。出于专业原因，很多时候我会从科学的角度对自然和生命进行探索和审视。但同时我也意识到，随着社会的发展和科技的进步，我们也需要从人文和社会的角度来思考今后的人类文明。随着科学技术的发展，面对人类无休止的欲望，要求我们重新审视人类世界和自然的关系：人类是自然的主人还是自然的一分子？当然也可以进而思考：人类是自己的主人还是欲望和野心的附庸？

燕园的清晨,有着和墙外截然不同的宁静。当你漫步在校园,仰首皆绿树,听着潺潺流水声,阳光自自然然地洒落,在水面上绿叶间明灭,晨光辉映。在这样的环境中,心会变得柔软而丰盈。或许这时,你可以静下心来,去思考一下上面提出的种种问题。我本人由于担任联合国教科文组织人与生物圈中国国家委员会主席,每年有机会到我国一些已加入世界保护区网络的自然保护区参加考察或评估,实地了解当地生态环境和生物多样性保护的状况、人类活动的影响,并深入当地居民家中听取他们的意见和建议。这些实地得到的资料,对于思考人与自然和谐的相关问题非常有用。而对于一时还没有机会到那更大更深的自然中去、飞去那原始的丛林或者无垠的天际而向往大自然的朋友,在人称"世界生态文学和大自然文学的先驱"的俄罗斯作家普里什文的美妙的文字中即可找到那精巧而变幻无穷的世界。

米哈伊尔·米哈伊洛维奇·普里什文(1873—1954)被誉为"伟大的牧神""完整的大艺术家""俄罗斯语言百草"。他出生于一个破败的商人、地主家庭,童年时代在接近自然世界的乡村度过,大学毕业之后从事农艺,随后弃农从文,专事写作。普里什文一生都在旅行,对大自然一往情深,并具备丰富的生物学知识,善于将对人、对自然、对万物的爱与善化为诗意,并结合哲理写成有机统一的散文。他提出一些超前环保理念的著作,比公认的现代生态文学经典《寂静的春天》早了10年。

普里什文似乎是个多面手:有时像一个探险家,背起行囊就敢只身闯入那最纵深的丛林和最广阔的大海;有时又像一个摄影家,拿起挂在脖子上的相机记录罕见的珍禽或是划过天际的飞虹;有时像一个民俗学家,悉心观察着少数民族的原始风貌和偏远部落的风土人情;当然他并没有忘记自己是一个文学家,虽然路途颠簸墨水洒了一半,依然记得将所见所闻记录在纸端。

从北京大学出版社出版的这套普里什文作品选,我们可以看到作者探索大自然中所显现的勇敢和冒险精神、极其仔细的观察态度和认真的记录习惯,见到在《大自然的日历》《飞鸟不惊的地方》《林中水滴》《有阳光的夜晚》《亚当与夏娃》这些书里所展现的奇妙世界。在作者的笔下,静谧的丛林和精灵般的小动物,汹涌的大海和巨怪般的大海兽,群星闪烁的夜空和漫无边际的原野,灵巧的飞鸟和咸腥的海风,奔涌的瀑布和沉静的圆月,淳朴可爱、不谙世事的边远部落和谨慎小心、保持距离的文明族群,甚至还有作者在中国边民居住地驯养梅花鹿和种植人参的故事,等等。这是一个现代都市人完全陌生的世界,在那里人与自然是零距离的。你可以感受到自然的每一丝呼吸,自然也可以看到你的每一个毛孔。如作者在《大自然的日历》中所写:"只要是我见到的各种小事,我都记录下来。今天这是小事,到了明天将它与其他新的小事作对比,就会得到地球运动的写照。"他用出众的文笔,展现大自然的种种细节和自己的联想:"昨天蚂蚁窝的生活热气腾腾,今天蚂蚁就潜藏到自己王国的深处,我们就在林中蚂蚁堆上休息,犹如坐在美国式的安乐椅里。昨天夜里我们坐着雪橇沿湖边行驶,听到了从未结冰的一边传来的天鹅间的絮语。在严寒空荒的寂静中,我们觉得天鹅仿佛是某种理性的动物,它们似乎在开某种非常严肃的会议。今天天鹅飞走了,我们猜到了它们开会的内容——议论飞离的事。我们转动着的地球围绕着太阳漫游,我记下了随之产生的成千上万件动人的细节:结满冰针的黑乎乎的湖水拍击结了冰的湖岸发出的声音;晴天浮动的冰块闪闪发亮;年轻的海鸥上了当,把小冰块当做鱼捉;有一天夜里万籁俱寂,湖水发出的喧哗也完全停止了,只有在死一般沉寂的平原上空电话线发出嗡嗡声,而昨天在那里却沸腾着复杂的生活。"童话般的神奇,令人向往!

当然,我们在普里什文笔下看到的也并不是完全和谐无忧的自然,自然看到的人类也不是完美无缺的物种。我们看到的是一个真实而残缺的自然,里面住着小小的一群人类:这里有弱肉强食,这里有自然灾害,这里也有不幸人祸。也正因为这样的一种真实和完整,让我们可以对照百余年前的人与自然,反思当下的人与自然。

这样小小的五本书也许并不足以让我们看透整个人类与自然。但至少,我们能够从中发现一个未曾经历甚至或许已经不复存在的远方,兴许还能像他那样停下脚步,与自然互相感受对方最细微的呼吸:

> 也许,包围着我的整个大自然——是个梦?……它无处不在:在林中、在河里、在田间,在群星中,在朝霞和晚霞里,所有这一切——只是某个人睡觉时所梦。在这个梦里,我似乎总是一个人出门上路。但这个巨大的存在在睡眠时所梦的,并非坟墓的那种冰冷的梦,她像我的母亲那样睡眠。她睡着,并听着我的动静。

良好的生态环境是社会经济可持续发展的重要条件,也是人类生存和发展的重要基础。我希望更多的人,尤其是青年人,走进自然、贴近自然,去倾听自然的呼唤,培养热爱自然的真正感情,尊重自然、应顺自然、保护自然!

写于燕园

2017 年 5 月 25 日

目　录

林中水滴

泛喜草　　3
林中点滴　51
水　　　　60
林中客　　65
人的足迹　127
啄木鸟的工场　139

当代故事

一　雅歌	161
二　佩列斯拉夫尔的陡岸	166
三　冰块上	169
四　人口调查	170
五　我们的房子	174
六　拥挤，但不抱怨	175
七　骑墙态度	177
八　真理的钥匙	181
九　在蓬松的枕头上	184
十　春风	185
十一　在养蜂场	186
十二　不幸临头就开门	188
十三　甲虫和燕子	191
十四　杂草	194
十五　大路	197
十六　炉子里的士兵	199
十七　火蛇	203
十八　绿叶	207
十九　榕树	208
二十　曲折难行的小径	211
二十一　好消息	214
二十二　女主妇	217
二十三　彼得节	221
二十四　我的朋友	224
二十五　淡蓝的花	225
二十六　流浪者	227
二十七　黑鹆	230
二十八　篱笆旁	233
二十九　穿浅蓝衬衫的客人	236
三十　关于友谊	239
三十一　找不到终了	241
三十二　不戴帽子	242

林中水滴

泛喜草
（叙事诗）

荒 野

在荒野中只可能有自己的思绪，
人们之所以害怕荒野，
就因为害怕单独面对自己。

　　这是很久很久以前的事了，但是还没有忘得一干二净，只要自己还活着，我就不让它忘记。在那遥远的"契诃夫"时代，我们，两个农艺师，彼此几乎不认识的人，因牧草栽培的事去古老的沃洛科拉姆斯克县的原始森林。一路上我们看到整片田野上开满了含蜜的青青的泛喜草。在阳光明媚的日子里，在我们赏心悦目的莫斯科近郊的大自然中，这片遍地鲜花的明艳田野是一种奇妙的景象，仿佛从遥远的国度飞来了青鸟，在这里过夜并留下了这片青色的田野。我脑海里不由想到，在这片含蜜的青色花丛中现在有多少昆虫在啼鸣呀。但是因为干燥的大路上大车发出的辘辘声，一点也听不到这种虫鸣声。我被这片青色的土地迷住了，把牧草栽培的事抛到九霄云外，一个劲地只想听花丛中生命的奏鸣，便请求同伴勒住马。

我没法说我们停了多长时间，与青鸟在一起待了多久。我的心灵与蜜蜂一起飞舞了一会儿后，我对农艺师说，让他赶马前行。只是这时我才发现，这个肥胖的人有着未经风吹雨打的普通人的圆脸，他正在观察我并惊讶地打量我。

"为什么我们要停留？"他问。

"噢，"我回答，"我想听听蜜蜂的嗡鸣。"

农艺师赶马前进了。现在轮到我从侧面端详他并发现了某种东西。我再次看了他一下，又瞥了一眼。我明白了，这个极其务实的人也在深思着什么，大概因为我而领会到泛喜草开的花具有的神奇力量。

他的沉默使我感到很不自在。我问他些无关紧要的问题，只要不沉默不语就行，但是他对我的问题毫不理会，似乎是我对大自然的某种非务实态度，也许就只是我的年轻，几乎是年少，在他心中唤起了自己那个时代，那时每个人几乎都是诗人。

为了使这个有着大脑壳、肥胖红润的人彻底回到现实生活中来，我向他提了个在那时是非常严肃和实际的问题。

"依我看，"我说，"没有合作社的支持，我们宣传牧草栽培只是空洞的废话。"

"您曾有过自己的泛喜草吗？"他问。

"什么意思？"我很惊讶。

"喏，就是有过她吗？"

我明白了并像男人应该的那样回答，当然有过，怎么会没有呢……

"常来吗？"他继续自己的盘问。

"是的,常来……"

"她到哪里去了?"

我感到痛苦,什么也没有说,只是稍稍摊开双手,意思是说,不在了,消失了,后来想了一下后,说到了泛喜草:

"仿佛青鸟过了夜,留下了自己的青色羽毛。"

他沉默了一会儿,专注地凝视着我,按他的理解做出结论:

"噢,这就是说,她再也不会来了。"

我觉得,他仿佛在使劲,使劲,终于在我的坟墓上盖上了石板:在此之前我还等着,而这时仿佛永远结束了,她也永远不会来了。

他自己却突然号啕大哭起来。于是,对于我来说,他那大脑壳,他那狡猾的、覆盖着一层脂肪的小眼睛,他那多肉的下巴都消失了。我开始可怜这个人,可怜这个爆发出生命力的人。我想对他说些好话,就把缰绳拿到自己手里,把车驾到水边,弄湿了手绢,让他冷静下来。他很快就恢复了常态,擦干了眼泪,又把缰绳拿过去,我们像原先那样赶车而行。

过了些时候,我决定要说出有关牧草栽培的想法:没有合作社的支持,我们永远也无法说服农民进行三叶草轮作制。当时我觉得这是很独立的想法。

"睡过吗?"他毫不理会我说的正事,问道。

"当然睡过,"我像真正的男子汉那样回答。

他又沉思起来——真是个折磨人的人——又问:

"怎么,仅仅一夜?"

我很厌烦,微微有点生气。我克制着自己,用普希金的话回答他提的一夜还是两夜的问题：

"一夜也罢，两夜也罢，那就是整个生命。"

青色的羽毛

在有些向阳的白桦树上出现了金色的、奇妙的、非手工制作的柔荑花序。在另一些树上刚刚露出花蕾，还有些树上则绽放着令世上一切都惊倒的似小鸟般的绿色鲜花，它们生长在那些树的细枝条上，瞧，这里有，那里也有……所有这一切对于我们人来说不只是点点花蕾，也是短暂瞬间。我们放过它们，它们就一去不复返了。许许多多人中只有一个站在前面的幸运者，他敢于伸出手并抓住它。

黄粉蝶，黄色的蝴蝶，停在一枝越橘上，翅膀叠成一片叶片一样。太阳没有烤暖它之前，它是不会飞走的，也不能飞，甚至根本不想逃离我伸向它的手指。

有着一圈细细白边纹的黑蝴蝶，松毒蛾，在寒露中冻昏了，它没有等到晨光降临，不知为什么像铁片一样掉了下来。

谁见过阳光下水洼中的冰是怎么消逝的吗？昨天这里还是一条水流丰裕的小溪：根据遗留在水洼上的垃圾可以看出这一点。夜里很温暖，但是一夜之间它几乎带走了所有的水，使它与大的水流汇合起来。严寒在临近清晨时抓住了它最后一点残水并用它们在水洼边上结起了冰。太阳很快就撕裂了所有这些边冰，每一块小冰就各自消失了。金色的水滴掉到了地上。谁见过这些水滴吗？把这些水滴与自己的生活联系起来过吗？想过吗，若不是严寒侵袭，也许它也能到达如汪洋一般的人类创作的大千世界？

　　昨天，稠李开花了。全城的人都从树林里给自己摘取了有白花的树枝。我知道树林里有一棵树：多少年了它为自己的生命拼搏着，努力往高处长，躲开折花人的手。它成功了——现在稠李像棕榈树一样，树干是光秃的，没有一根枝条，因此人无法爬上去，而在树冠上则鲜花怒放。另一棵稠李却未能做到，孱弱衰败，现在只留着些粗枝。

　　常常有这种情况，一个人怀念另一个人直到生命终结，而生活却不凑巧，没有这样的机会使他们建立起深厚的私人关系。在缺少这种基本的东西的情况下，无论做什么事——天文或化学，绘画或音乐，都无法得到满足，于是世界就明显地分为内心世界和外在世界……常常有这种情况：由于没有人情，有人就把整个内心生活全都放到一条狗身上，于是这条生命比起物理上最伟大的发明也有意义得多，即使这发明向人许诺未来有不花钱的粮食。把人的全部感情倾注在一条狗身上，这是否是过错？是的，是过错。我青春时代有过青鸟——我的泛喜草，至今在我心中可还保留着她留下来的青色羽毛！

乌云笼罩下的河流

　　夜间心里有一个不太明晰的念头，我便走到室外，从河流中理清了自己的思绪。

　　昨天这条河流在晴空下与星星、与整个世界交相呼应。今天天空被乌云遮蔽了，河流躺在乌云下，就像躺在被子下一样，不再与世界相呼应——不再呼应了！就在这时，通过河流我理清了有关自己的思绪。如果我不能与整个世界呼应,那么像河流一样,我也没有过错,因为我苦苦思念失去的泛喜草像被蒙上了来自这世界的层层黑色笼罩物。我也这样看待这条河流。在乌云下它无法与一切交相呼应,但它依然是条河流,在黑暗中闪亮着,奔流着。而在乌云笼罩的黑暗中,鱼儿感觉到大自然的温暖,在水中游动,拍溅起水花,比有星星闪烁和寒意料峭的昨天更加有力、更加声响。

离 别

多么美妙的早晨:露珠,蘑菇,鸟儿……但这已经是秋天了。白桦树正在变黄,摇曳的白杨絮语着:"诗意正失去支柱:露珠将干竭,鸟儿将飞逝,鼓实的蘑菇将衰落化为尘土……正在失去支柱……"因此我也应该接受这种离别,与树叶一起飘往什么地方。

求偶飞行

在这种求偶飞行的日子里一切都非常美好,但是丘鹬没有飞来。我沉浸于自己的回忆:现在是丘鹬没有飞来,而在遥远的过去——她没有来。她爱我,但是她觉得这不足以完全回报我强烈的感情,因此她没有来。

现在也是这样美妙的夜晚,鸟儿在欢唱,一切依然,但是丘鹬没有飞来。两股水流在小溪里交汇,可以听到溅起水花的声音,随即又寂静无声了,流水依然顺着春天的草地缓缓流淌。

后来我反复想过,因为她没有来倒成全了我生活的幸福,结果是这样：她的形象渐渐地随着岁月的流逝而消失，而感情却留了下来并活在对形象的永恒的寻找中，虽然没有找到，可是却把亲切的关注转向了我们大地，转向了整个世界的生活现象，这样世上的一切犹如一张脸取代了原来那张脸，而我用自己的一生欣赏着这无边无际的脸的容貌。每个春天我都会观察到它增添的新的景象。我是幸福的，我唯一感到不足的是：没有使大家都像我一样幸福。

因此幸福可以这样解释：我的文学将活下去，因为这是我自己的生命。我觉得任何人都能像我一样：试试看吧，忘了自己的失恋，把自己的感情转移到文字上，你也一定会有读者的。

我现在认为，幸福根本不取决于她来或不来，幸福只取决于爱，有爱还是没有爱，爱本身就是幸福，这种爱是不能与"才能"分割的。

就这样我一直想到天黑下来。突然我明白了，丘鹬再也不会飞来了。于是剧烈的痛苦刺透了我的心，我暗自喃喃着："猎人啊猎人，当时你为什么不留住她！"

阿里莎的问题

当这个妇女离开我时，阿里莎问道：

"她的丈夫是谁？"

"我不知道，"我说，"没有问过，她丈夫是谁，对我们来说反正无所谓。"

"怎么是'无所谓'，"阿里莎说，"与她坐在一起、聊天有多少日子了，却不知道谁是她丈夫，换了我就问了。"

下一次她来我这儿时，我想起了阿里莎的问题，但是我又没有问她丈夫是谁。我之所以没有问，是因为我喜欢她的某种东西，而且我也悟到，我喜欢的正是她的眼睛。它们使我想起我青春年代爱上的美丽的泛喜草。不论是什么，但我喜欢她的正是曾经喜欢泛喜草的东西。她没有激起我要亲近她的意念，相反，对她的兴趣使我放弃了对她的日常生活的注意。现在我跟她的丈夫、家庭、家没有任何关系。

当她准备离去时，我忽然想在辛苦的工作之后呼吸一下新鲜空气，于是就送她回家。我们走出屋。外面严寒笼罩，黑乎乎的河流冻结了，一股股水气到处蔓延。结了冰的岸边可以听到沙沙声。河水非常可怕，深不可测，似乎最不幸的决心自溺的人瞥一眼这黑幽幽的深渊，就会回家，生起茶炊，并庆幸地喃喃自语：

"投河自尽——多荒唐！那里比我们这儿更糟。我还是在这里喝口茶吧。"

"您有大自然的感情吗？"我问自己的新泛喜草。

"这是什么意思？"她反过来问。

她是个受过教育的妇女，无数次读到过和听到过大自然的感情这个字眼，但是她的问题是这么普通，这么真诚，没有丝毫怀疑：她真的不知道，大自然的感情是什么。

"她怎么会知道呢？"我不由得想，"如果她，我的这棵泛喜草，也许就是'大自然'本身呢？"

这个想法使我大为惊讶。

有了这一新的理解，我想再次看一眼那双可爱的眼睛，通过它们看到我的"大自然"内心,我所希望的永远贞洁又永远生长的"大自然"。

但是天已经完全黑了。我升腾起的强烈感情陷入了黑暗,后退了回来。我的某种第二天性重又提出了阿里莎的问题。

这时我们正走在一座大铁桥上。我刚张开口要向美丽的泛喜草提出阿里莎的问题,却听到了身后铁一般沉重的脚步声。我不想转过身去看看是哪个巨人在铁桥上行走。我知道他是谁:他是指挥,是一种力量,惩罚我青春时代无果的理想、诗意的理想,它偷换了真正的人的爱情。

当我与它走并肩时,它只是碰了我一下,而我则越过了障碍飞向黑森森的深渊。

深 渊

如果有人说,深渊在吸引他投入它的怀抱,这就是说,他是个强者,站在深渊边缘却坚持住了。深渊无须吸引弱者就会把他扔到安宁无险的彼岸。

深渊是对一切生命力量的考验,这种力量是任何东西都不能替代的。

但是,强者,请记住:也许,会有这样的时刻和这样的深渊出现并会对你说:"滚开,你做不到!"需要及时离开深渊,保存自己身上最后一点力量来应对万不得已的绝境。活到终老应该经常意识到:即使是一次,我能做到;那么就可能发生这种情况:靠生命最后的热烈的愿望,人甚至能战胜死亡。

岔路口

竖着一根路标,由那里延伸出三条路:沿第一、第二、第三条路走——到处都是各种各样的不幸,但一样都是死亡。幸好我不是朝分岔的方向走,而是从那里回头走——路标附近的死亡之路没有分岔而是汇合在一起。我庆幸看到了路标,走上了唯一正确的路回家,同时则回想着在岔路口自己险些遭难。

水滴和石块

窗下结着坚固的冰,但是太阳暖烘烘的。从屋顶上挂下了冰柱——开始滴水。"我!我!我!"每一滴水消逝时发出清脆的响声,它的生命就一秒钟,"我!"——这是无奈的痛苦声。

但是冰上已经有一个小坑,一个小穴,它正在融化,冰已经没有了,而从屋顶上掉下来的亮晶晶的水滴仍然在发出清亮的声音。

水滴掉到石块上,清晰地说着:"我!"石块又大又坚,它大概还会在这里躺上千年,而水滴只生存瞬间,这瞬间是无奈的痛苦。但终究是"滴水穿石",许多个"我"汇合成"我们",它们是如此强劲有力,不仅滴穿了石块,有时还将它冲往汹涌的激流。

留声机

失去朋友令我心里感到非常沉重。连旁人都发现了我内心的痛苦。我房东的妻子注意到这一点并问我,为什么我如此伤心。

我遇到的是第一个对我表现出深切关注的人，便对她讲了关于泛喜草的一切。

"好，我马上就治愈您，"女主人说并吩咐我把她的留声机搬到花园里，那里丁香花盛开，那里还种着泛喜草，蜜蜂在开着鲜青色花的林中空地上嗡嗡鸣叫。好心的女人拿来了唱片，开动了留声机。于是当时著名的男歌手索皮诺夫唱起了连斯基的咏叹调。女主人赞赏地望着我，她准备用尽她所能的一切办法来帮助我。歌手的每一句话都饱含着爱情，浸润着泛喜草的蜜，散发着丁香的芬芳。

从那时起过去许多年了，每当我听到什么地方在唱连斯基的咏叹调，那一切便一定返回到眼前：蜜蜂，青色的泛喜草，丁香和我那善良的女主人。那时我不明白，但现在我知道，她确实治愈了我难以排解的忧郁。所以后来，当我周围的人开始轻蔑地谈到留声机，说这是小市民习气时，我则沉默不语。

生的欲望

来过一个神情沮丧的人，自称是"读者"，请求写出能拯救他生命的词语来。

"您可是个埋头于词语的人，"他说，"从您写的东西可以看出，您知道这样的词语，请告诉我这样的词语。"

我说，我没有给自己存这样的词语以备特殊情况之用。假如我知道这样的词语，就会告诉他了。

任何托词他都不想听，说要就要，伤心得都哭了。当他离开时在前室看到自己那包着长筒靴的小包裹，便哭得更厉害了。

他解释说：在家里穿上毡靴时想到可能要解冻，便抓了双长筒靴子。

"这就是说，"他说，"我还保留着生的欲望，想到春天解冻的可能性。"

当他说这话时，我突然回想起，我自己也曾经用类似的对春天的期待来平息失去的悲伤，后来还由此生出了许多慰藉的词语。我心里很高兴：我知道安慰的词语并写了出来。只不过我碰到的读者不怎么样。

于是我想起了一些词语并尽我所能对这个不相识的人说了。

开启幸福的钥匙

在世界上没有什么别的情况：我们看见的就只是自己看到的事物；有人看到的多些，有人看到的少些，但是所有的人都只是看见自己看到的，没有更多的。

通常在仔细观看某种细节、关键的小事的时候，你就会醒悟，因为通过这细节、小事你进入了"我"成为一切的灵魂的那个世界。对这成为进入愿望世界大门的细节、小事，我想了多年。我保留着许多永志不忘的事情，但是什么原因，什么样的条件下才会出现最亲切的关注，由此才能与这些事情相会，至今都未能彻底弄清楚。这里大概是不可能有钥匙的：因为这是开启幸福的钥匙。我知道一点：应该转动各种钥匙，一直转动到锁被打开为止。

后来，当你想用这把钥匙再次开锁时，却打不开。原来，那时锁是自己打开的。但是你继续转动其他钥匙，你的全部方法就在这里——转动钥匙，怀着信念、爱而劳动——那么锁一定会自己打开。

今天在开满青色泛喜草的茂盛的草地上，在鲜花和声音混合在一起的环境中，一线阳光落到小小的石竹花花冠上，它闪出红宝石般的火焰，吸引我对交织着鲜花和声音的整个世界的亲切关注。这一次，小小的石竹花花冠便成为开启我幸福的钥匙。

歌德错了

第一次注意到，黄莺用各种各样的调子歌唱，于是便想起了歌德的一个思想：大自然创造的是没有个性的东西，只有人是有个性的。不，我想，只有人在创造精神价值的同时创造出完全没有个性的机器，而在大自然里恰恰一切都是有个性的，甚至包括大自然的自身规律也是这样：这些规律在活的大自然里也发生着变化。因此，即使是歌德说的话也并不全都正确。

结婚的日子

寂静的明媚的早晨。黎明前的严寒把一切都装扮了，收干了，有的地方梳过了，有的地方剪过了。但是太阳很快就破坏了它在清晨做的活儿，使一切都动了起来，在它的烘晒下绿草的尖端开始分离出自己的水珠。

我不知道，也不想知道，那棵树叫什么名字。我在它上面看见了可爱的有一簇毛的芽苞。但是此刻对于我来说，所有我经历过的春天成了一个春天，一种感情，整个大自然于我就像是一场真的结婚梦。

早春使我回到了从此开始做所有的梦的那一天。很长时间我都觉得，这种对大自然的强烈感情是孩童时自己第一次见到大自然留下来的。但是我现在很好地明白了，对大自然的感情本身发端于我与一个人的第一次相会。

这起始于遥远的青春时代。当时我在异乡，脑袋里第一次闪过这样的念头：也许，必须放弃对泛喜草的爱情。当时想到这一点就非常痛苦，手指碰一下身体——心里就会作出反应，而在另一方面取而代之的是我的欢乐的大千世界。人类的幸福劳动，有着美和欢乐参与的这种劳动似乎非常容易就取代了自己失去泛喜草的痛苦。于是我就回忆起并认清自己是大自然的孩童。身处异乡，我的故乡展示出它的全部迷人的魅力。当与大自然第一次相会的情景鲜明地呈现在眼前时，故乡的亲人显得十分美好。

幸福的时刻

早春里大自然变化无常，因此只有短暂的时刻令人感到欢乐。对于大家来说，那是泥泞，刮风，严寒和下雨，而对于有的人来说，早春是全年中难得的时节。

早春里谁都无法适应天气。如果你能像孩子一样捕捉到片刻，你就是幸福的。而人们的全部不幸就在于，他们对一切习以为常并心安理得。

早春里每次我都觉得，不是我一个人，而是所有的人都可能是幸福的。创作的幸福可以被人类奉若神明，是创作的幸福……还能是什么幸福？我错了——不是创作的幸福，就只是幸福，因为非创作的幸福——是深藏不露的人的满足。

潜藏的力量

潜藏的力量（我将这样称它）决定了我的写作和乐观主义：我的欢乐就像是针叶树的树汁，覆盖着伤痕的芳香的树脂。假如针叶树没有敌人伤害它们，我们就丝毫也不会知道树脂：每次受伤，树木就会分泌出芳香的树脂沉积在伤口。

人也像树一样：有时候坚强的人会从精神创伤中产生诗意，犹如树受伤产生树脂一样。

老　鼠

发大水时老鼠在水中游了很久，寻找着陆地。它筋疲力尽，终于看到了从水中冒出的一株灌木，便爬上了它的树梢。在这之前，这只老鼠像所有的老鼠一样生活，像它们一样做着一切，可是现在得独立思考该如何生活。晚霞时太阳的红光很奇怪地照亮了老鼠的脑门，就像人的前额一样，而一双平常的像珠子一般细小的黑眼睛闪耀着红光，也透出被大家遗弃的老鼠的意义：这是一只与众不同的老鼠，它来到世界上只有唯一的一次，如果找不到自救的办法，那么它就会永远离去；而无数代的新老鼠永远也不会生出与它一模一样的老鼠。

青春时代我也曾有过像这只老鼠遭受的境遇，不过我遇到的不是大水，而是爱情，也是一种自然力，它支配了我。那时我失去了自己的泛喜草，但是在自己的不幸中我明白了某种东西。当爱情的强烈情感烟消云散之后，我带着自己关于爱情的话语来到人们中间，犹如来到了救命的岸上。

白　桦

　　绿芽透过腐烂的树叶和草茎钻了出来。叶子曾经活过，青草曾经活过，现在，在潇洒地活了一回后，作为肥料转化到新的绿色生命中去了。想象自己与它们在一起令人感到很可怕：要在这样的大自然循环中理解自己的价值。随便什么东西，例如叶子、青草或是这两棵不大的白桦姐妹树，我只要看中选择了，像所有我选中的东西一样，也像我自己一样，在我的想象中，与它们前辈的肥料价值不相吻合。

　　我选中的白桦姐妹树还不大，长得人一般高，它们并立而长，像一棵树似的。现在树叶和像珠子般的鼓鼓的芽苞还没有绽放。在天空的背景上可以看到这两棵交织在一起的白桦树枝条构成的纤细的网。连续好几年，在白桦树汁流动时，我欣赏着活的枝条构成的这张精致的网。我发现增添了许多新枝。我深刻理解到树木最复杂的本质的生命发展过程。这树木就像是用一根树干联结起来的一个国家。我在这两棵白桦树上看到许多奇妙的现象并常常思考着树，它独立于我而存在，而在接近它时却开阔了我的心灵。

　　今天晚上很冷，我心情有些低落。我过去对白桦树"心灵"的领悟，今天我觉得是一种美学呓语：这是我，我个人把白桦树诗意化了，发现了它们的心灵，实际上什么都没有。

　　突然在万里无云的空中有东西滴到我脸上。我以为是什么鸟儿飞过，抬头向上一看：哪儿都没有鸟，而从晴空中又有东西滴到脸上。于是我看见，我站在下面的那棵白桦树上，在我上方高处有一根树枝断了，白桦树汁正是从那里滴到我脸上。

于是我又兴奋起来，思绪回到我的白桦树上，同时想起了一位朋友。他把自己的恋人看作圣母，当与她进一步亲近时，他失望了，就把自己的感情称作是抽象的性爱。我多次从不同的理解去思考这事。现在白桦树汁使我对朋友和他的圣母有了新的想法。

"通常，"我想，"人不像我朋友那样。通常人像我自己那样，根本不会与自己的泛喜草分离，而是将她揽在心怀里；在与大家一起做什么事时，把爱隐藏起来。但是哪里有爱，哪里就有'心灵'，恋人有，白桦树也有。"

这个夜晚，在白桦树汁雨的影响下，我又看到了我的两棵白桦姐妹树有自己的"心灵"。

秋　叶

在即将日出之前，林中空地上笼罩着初寒，需要在林边地上隐蔽起来，等一等，看看林中空地那里发生什么！在黎明前的昏暗中看不到的林中生物来了，接着开始在整片空地上铺上了白色粗麻布似的霜花。最初的阳光开始收起粗麻布，在原来是白色的地方便留下绿色，渐渐地白色全都消失了，只有在树木和草丘的阴处还长久地保留白白的一小块一小块地。

树木沐浴着金光，在它们之间的蓝天上，你不会明白发生着什么：风正卷走树叶或是小鸟成群聚集在一起将飞往遥远的温暖的地区。

风是个好操劳的主人。一个夏天它到处过往，甚至在最稠密的地方也不留下一张陌生的叶片。现在秋天来临了，操劳的主人又在忙于收获了。

树叶飘落，簌簌作响，作着永别。它们永远是这样的：一旦脱离了生养的王国，就诀别了，消亡了。

我又想起了泛喜草。秋日里我的内心就像春天里一样充满了欢乐。我觉得，我像叶片一样脱离了她，但是我不是叶片，我是人。也许，对于我来说就应该这样：我真正接近整个人类世界就是从这种脱离，从这种失去开始的。

当俘虏的树

白桦树上部像手掌似的把落雪拢集起来，由此积成了一大团，以致树梢都压弯了。有时候，解冻时节又下起雪来，加落到原来的雪团上，带雪团的上面的树枝把整棵树压成了拱形。暂时带大雪团的树梢没有陷进地上的积雪，因此直至春天降临都没有冻结在一起。整个冬天野兽都在这拱门下来往，有时也有滑雪的人。旁边高傲的云杉自上而下望着折弯的白桦，犹如生来统治人的人俯视自己的下属一样。

春天白桦回到那些云杉那里。假如在这个特别多雪的冬天它没有压弯，那么以后的冬天和夏天它就会留在云杉树中间，但是既然已经压弯了，那么现在稍微有点雪它就会倾垂，最终每年都在小径上方弯成拱形。

多雪的冬天进入年轻的树林很可怕，况且也不可能进入。夏天可以走宽路的地方，现在弯下来的树横贯在这条路上。它弯得很低，只有兔子能在下面跑过。但我知道一种简单奇妙的方法，可以不用弯腰走这条路。我折下一根吃得起力的树棍，我只要用这根树棍狠狠敲一下压弯的树，各种各样形状的雪就纷纷掉下来，树就弹向上，让出了路，就这样我缓缓而行，靠奇妙的击打解放了许多树。

活 的 烟

我回想起，昨天在莫斯科，夜里醒来，根据窗户外的烟雾知道了时间：那是黎明前的时刻。有个地方谁家的烟囱里冒出烟，在黑暗中依稀可辨。烟袅袅直上，像是雾霭中颤动的一根柱子。周围没有一样活的东西，只有这股活的烟，还有我那活的心也像这股烟一样跳动着，在万籁俱寂中向上飘升。就这样，在这黎明前的时刻，我的前额贴近窗玻璃，独自与烟待了一段时间。

生存斗争

那是白桦树把自己最后一点像金子一般的黄叶撒在云杉树和沉睡的蚂蚁窝上的时节。在落日的余晖中我甚至注意到小径上针叶的闪光。我一直边走边欣赏，沿着林中小径没完没了地走着，树林对我来说就像是海洋一样，它的林缘犹如海岸，而林中空地犹如小岛，在这个岛上长着几棵挤在一起的云杉树。我坐到树下休息。原来这些云杉树的全部生活全在上面。那里，在果实累累的地方当家的是松鼠，交嘴雀，大概，还有许多我不知道的鸟。在云杉树下面，仿佛在漆黑的通道里似的，一片幽暗。你只能看着果皮壳飞舞。

如果聪明地利用对生活的关注和对一切造物怀有同情，即使在这里也能读到引人入胜的书，哪怕是关于交嘴雀和松鼠脱果壳时往下掉的云杉籽的书。某一天，有一颗这样的种子掉在白桦树下裸露的根之间。云杉籽有白桦遮蔽阳光的炙烤和严寒的侵袭，就开始生长，在白桦树裸根之间向下挺进，在那里遇上了白桦树的新根，云杉就无处伸展自己的根。于是它就让自己的幼根抬向白桦树根的上方，超越它们并在那里伸向地底下。现在这棵云杉长得高过了白桦树，与它根须交织，并肩而立。

运　动

深水洼旁边是一片鲜花盛开的草地。我把自行车靠到一棵树上，自己坐到圆木上。我想在运动过之后集中一下思绪。运动使人失去自制，不能很快集中精神。对机械的胜利并不在于你学会了转动方向盘，而在于在做任何运动的情况下，你能保持自己内心的恬静。你自己越是宁静，就越能发现和珍惜生活的运动。

浩瀚的水

歌德曾明确说过，观察自然的时候，人会把他所说的一切美好的话都从心里掏出来。但是，在你怀着一种小心眼，家庭纠纷弄得心眼更加狭小时，你走近浩瀚的水边，望一眼广阔的水面，你的心眼往往就变大了，能豁达大度地原谅一切，为什么？

年老切记

从我们在韦扎赫乘船那刻起到抵达扎戈尔斯克止,与人们没有发生任何冲突,旅行一帆风顺。人到老年时应该牢牢记住:跟自己人的任何争吵、任何发怒,自己都得付出某种代价,这是最无益处的消耗自己。世上最怕的应该就是这一点。在这方面进行修养类似于必须接受植物性食物。

牧 笛

白天变得很热,但是露水还是很浓,很清凉。很早就把牲畜赶出去,中午时就赶回来,免遭马蝇叮咬。牧笛的声音能传入每一家,抵达每个人睡的人。

今天笛声传到我这里。我有可能满足于十分简单的生活,在这种生活中真正的幸福不用任何努力,它就是你所过生活的必然结果。而我与人的交往是出于想与人说说话,想爱抚孩子们,没有任何方法和用心,一切都是自然而然的,因为人等待的是关注,而不是金钱。

可怜的念头

突然天开始变暖了。彼佳忙着钓鱼,把捕鲫鱼的网放到泥炭池塘里并记住这个地方:网对面岸上长着大约十棵一人高的小白桦树。圆圆的太阳落下了。青蛙停止吼叫,夜莺不再啼啭,构成喧闹的"热带之夜"的万物进入了梦乡。

只不过往往是这样:当一切都十分美好时,可怜的人脑袋里冒出的也是可怜的念头，不可能享受"热带之夜"的幸福。彼佳想到的是，像去年那样，有人跟在他后面偷窥，偷了他的网。黎明时他就跑到那个地方去并真的看到：那里，在他布网的地方站着一些人。他气愤之极，准备为渔网与十来个人搏斗。他跑到那里，突然停住并笑了：原来这不是人，这是一夜之间披上银装的那十棵小白桦树，它们就像人一样站着。

唱歌的门

望着蜂房上在阳光下飞东飞西的蜜蜂：飞东的蜜蜂身体轻盈，飞西的蜜蜂负载着花粉——你很容易想到人的世界，相应的物的世界，适于居住的如《旧式地主》中的门那样吱嘎响的物的世界。

在养蜂场我总是想起旧式地主，他们对果戈理来说是怎样的人：在可笑的老人身上以及他们家中发出吱嘎声的门上，果戈理感觉到人世间的人有可能做到和谐的完美的爱。

CIRCULUS VITIOS[①]

我曾经感到奇怪，秃顶的人活着怎么不觉得羞耻。他们在秃顶上整理下面的最后一些长发，用什么东西抹它们，甚至使头发贴得相当牢。他们哪来的兴致，又指望什么呢？秃顶的大腹便便的人穿着燕尾服，黄脸老处女戴着钻戒、穿着天鹅绒。他们穿着奢华的衣服，在光天化日之下招摇过市。他们怎么不

---

① 拉丁语：循环论法。——原编注

感到羞耻？过了二三十年，我也得事先把自己的头发梳向一边。有一次，有人发现了，就说：您何必盖住，您的前额端端正正，秃顶非常漂亮。这样，我渐渐地对秃顶也完全容忍了，我对一切缺点都容忍了……甚至也容忍了使我失去青春时代的泛喜草。秃顶者也好，大肚皮者也好，黄脸婆也好，病人也好，都不再干扰我的想象。只不过我还是不能逾越对没有才能的人的成见。但是我想，才能也像秃顶一样：才能也会消逝的，令人不想写东西，也能容忍这一点。你可不是自己创造了才能，犹如浓密的头发，它是长出来的，如果就这样弃之不用，它也会像头发一样脱落的：作家便"文思枯竭"。问题不在于才能，而在于谁驾驭才能。可不能失去这一点，失去这一点是无法替代的：这可不是秃顶，不是大肚子，这是我自己。现在"我自己"存在着，没什么好哭泣失去的。不是说："脑袋已经砍下，何惜几根头发"吗？意思可以这么说："只要有脑袋，就会长头发。"

离别和相会

我观察流水的源头，很是赞赏。在一个山岗上有一棵树——很高的云杉树。雨滴从树枝汇集到树干上，变大，越过树干上弯弯曲曲的地方，常常消失在依附在树干上的稠密的浅绿色地衣中。树在最下面的地方是弯的，在这里雨滴从地衣下直线往下淌，淌向有水泡的平静的水洼中。此外，各种水滴从树枝上直接掉下来，发出各种声响。

我亲眼见到在树下面小湖决了口。雪下面的水流冲向现在成为堤坝的道路。新生的水流具有巨大的冲力，堤坝路也被冲决了，湖水顺着喜鹊王国向下奔向小河，小河岸边的赤杨树丛被淹没了。水滴从每一根树枝上滴到小河湾里，溅起了许多水泡，所有这些水泡沿着河湾慢慢向水流移动，突然在那里失去了控制，与其他泡沫一起沿河奔驰起来。

在雾中有时显现出飞过的鸟，但是我无法确定是什么鸟。鸟在飞行中吱吱叫着，但是在河流发出的喧嚣声中我无法听清楚它们的叫声。它们落停在远处河旁的一批树上。我朝那里走去，想弄明白，是什么客人这么早就从温暖的地方光临我们这里。

在流水的喧哗声和水滴清亮的音乐声中，如通常听到人奏的真正音乐声时一样，我的思绪总是围着自己，围着多年来未能愈合的伤痛打转……这种萦绕不去的念头渐渐使我得到关于人的起源的明晰思想：当人一心想着幸福，与这流水、水泡、鸟儿一起生活的时候，他还不是人。人起源于他告别这一切的时刻：这是意识的第一阶段。就这样，我忘记一切，一步一步地开始逾越自己的伤痛而成为一个抽象的人。听到苍头燕雀的歌声，我清醒过来。我不相信自己的耳朵，但是很快就明白了，从雾中飞来的那些鸟，那些早客——全是苍头燕雀。数千苍头燕雀全都飞着，全都鸣着，落到树上，许多散落到秋耕地上。我第一次明白，"苍头燕雀"这个词源自"秋耕地"。但是见到这些亲爱的鸟儿时，最主要的是担心：假如它们不多，我又想着自己的事，很可能就会完全错过了它们。

"这样，"我沉思着，"今天我错过苍头燕雀，明天错过活生生的好人，他会在没有受到我注意的情况下死去。"我明白，在我的这种抽象中有某种基本上是大谬误的因素。

泛喜草的女儿

我完全失去了她。从那时起过去了许多年。我忘却了她的容貌,甚至无法根据面容认出她来,只有宛似两颗北方星星的一双眼睛,当然,我还能认得出来。

有一天我去寄售商店买一件东西。我找到了这件东西并买了下来。我手上拿着付款单排队。旁边有另一个队,排队的人手中只有大额钞票,而收款处没有零钱,所以只得再排队等候。那个队里的一个年轻妇女请我兑换五卢布:她只需要两卢布。我只有一张两卢布小票币,我乐意让她从我这儿拿走这两卢布……

大概,她不明白我的意思:我愿意就这么给她,送钱给她。也许,她非常可爱,战胜了自己身上虚伪的羞耻感,想超过讲好的小钱。遗憾的是,我递钱的时候瞥了她一眼,忽然认出了那双眼睛,像泛喜草有的两颗北方星星似的眼睛。刹那间我来得及透过她的眼睛窥视到她的内心并闪过一个念头:也许,这是"她"的女儿……

但是在这样的窥视后要从我这里取钱就不可能了。也许,只是此刻她才领悟到,我想把钱送给她这个陌生女人。

你想想,这算什么钱,总共就两个卢布!我把拿着钱的手递过去。

"不!"她说,"我不能就这么拿你的钱。"

而我在那一刻,在认出那双眼睛的同时,准备把我所有的一切都奉献给她,只要她一句话,我立刻就飞奔过去,为她拿来一样又一样东西……

我像乞丐似的用恳求的目光望了她一眼并请求说：

"拿着吧……"

"不！"她重复说。

当我装出十分不幸、被抛弃、无家可归的人的样子时，她突然若有所悟，像泛喜草过去微笑时那样莞尔一笑并说：

"我们这么办：您给我两卢布，拿我五卢布，好吗？"

我欣喜地拿了她五卢布。我看到，她十分理解并珍重我的欣喜。

老菩提树

我想着皱皮疙瘩的老菩提树。它过去安慰了老主人，现在安慰我有好长时间了，可是根本没有打过我们什么主意！我效法它无私为人们服务的精神，心里像芳香的菩提树花一样绽开着希望：也许，什么时候我也会与它一起盛开鲜花。

欢　乐

痛苦在心灵中郁积越来越多，可能会在美好的某一天像干草一般突然燃烧起来，放出异常欢乐的火焰而燃尽。

胜　利

我的朋友，如果自己被击败的话，无论是北方还是南方都没有你的立足之地：整个大自然对于失败的人来说是打了败仗的战场。但是，如果是胜利——要知道任何胜利都是战胜自己

——即使荒野的沼泽是你胜利的见证,它们也会鲜花盛开,绚丽无比,春天将永远留给你,只有春天,光荣属于胜利。

最后一个春天

也许,这个春天是我的最后一个春天。是的,当然是这样,每一个年轻人或老年人在迎接春天时应该想到,也许这是他的最后一个春天,他再也不会回到它身边了。有了这个想法,春天的欢乐就增加千万倍,每一个细节,某一只苍头燕雀,甚至不知从何而来的词都会有自己的面貌,自己的特别声明,表明有权存在和参与。对于它们来说,这也是最后一个春天。

临近的离别

秋天里,当然,周围全都窃窃私语着临近的离别。在令人欢欣的阳光明媚的日子里,有一个充满热情的声音加入到这种低语中,虽然只是一个声音,但是我的!我想,也许,我们的整个生命就像一天那样逝去,整个生命的哲理正归结于此:生命只有一次,唯一的一次,犹如秋天里唯一的阳光明媚的一天,就一天,但是我的!

布 谷 鸟

在我坐在一棵倒下的白桦树上休息的时候,布谷鸟没有发现我,几乎就在我旁边落停下来,一边吐着气,仿佛对我们说:"好吧,我来试试,会有什么事?"它咕地叫了一声。

"一!"我说,照老习惯猜测着,我还能活几年。

"二！"

布谷鸟刚要发出第三次"咕"，我也刚准备说自己的"三"……

"咕！"布谷鸟叫出声就飞走了。

自己的"三"我就没有说出来，这就是说，我能活的年头很少，但是这并不让人伤心，我活得足够长了。让人伤心的是，如果你将集中这两年多时间来做什么大事，正要聚起精神、正要开始的时候，那里却突然"咕"的一声……一切都完结了！

这样的话，还值不值得聚起精神来呢？

"不值得！"我想。

但是，站起来后，向白桦树投去最后一瞥——我立即就心花怒放了：这棵奇妙的倒下的白桦树，为了自己的最后一个，也是现在的唯一一个春天，绽放着饱含树脂的芽苞。

大地的微笑

在像高加索那样的大山里，到处都留有地壳生命中宏伟的斗争和事件的痕迹，宛如人脸上的痛苦和受惊吓的怪状。那里简直就当着你面水劈开了山脉，乱石落纷纷，渐渐地撒满地。也许，我们莫斯科州也曾经有过这样的斗争，只不过早已消逝了，水受到了制约，不再猖狂肆虐，山岗上布满了郁郁葱葱的林木，仿佛大地终于微笑了。

环视这些可爱的丘岗，想起自己的过去，有时会想："不，我不想重复过去，不想再当年轻人！"你就与大地一起微笑，有所高兴。

林中的太阳

在这样的森林里你无法一下子就看见太阳,只是凭火红的光斑和光箭能猜到,它就躲在一棵大树后面,从那里向幽暗的树林投去清晨斜射的光线。

从阳光闪耀的林边草地走进幽暗的树林,犹如进入了洞穴,但是当你环顾四周时——好得不得了!阳光明媚的日子在幽暗的树林里有多美好,简直无法言表。我想,任何人都不会克制自己,不让被各种操心束缚的思想自由翱翔,于是欢乐的思想从一个光斑飞到另一个光斑,突然在途中会拥抱洒满阳光的林中空地上的小云杉,它如塔一般匀称;为白色的白桦树而入迷,像什么也不懂的小姑娘似的,把通红的小脸藏在它那绿色的鬈发里;在阳光下,脸色绯红,从一块林中空地奔向另一块林中空地。

老椋鸟

椋鸟飞走,不见了。它们的窝巢早已被麻雀所占领。但是,到目前为止,一只老椋鸟在有露水的美好的早晨还是飞到那棵苹果树上并啼啭着。

这真奇怪,似乎一切都已告终,雌椋鸟早已不见踪影,孩子们也已长大,飞走了……这只老椋鸟每天早晨还是飞到它度过了春天的苹果树上并鸣唱,究竟为了什么?

我对这只椋鸟感到惊奇。它的歌声含混不清、逗人发笑。在这歌声中我自己怀着某种模糊的希望,不为什么,有时候也创作什么东西。

小　鸟

小鸟，最小的小鸟落停在最高的云杉树的最顶端。看来，它不是平白无故地落停在那里的，它也赞美朝霞：它的小喙张开着，但是歌声传不到地上。从小鸟的样子来看，可以明白，它的事就是赞美，而不是要使歌声传到地上并赞美小鸟自身。

开花的草

像田野上的黑麦一样，草地上所有的禾本科植物也开起了花。当昆虫摇晃着小植株时，它就沾上了花粉，犹如裹上了金色的云彩。所有的草都开着花，连车前草也开花了——车前草算什么草，它整个儿开着白珠子般的花。

拳参，肺草，各种穗子，状如小纽扣的花果，纤细的草茎上的球果都在欢迎我们。我们活了多少年，它们就逝去多少次，可是我却认不出来，仿佛还是那些球果，穗子。老朋友，你们好，再一次问你们好，亲爱的!

野蔷薇花盛开

野蔷薇大概还是从春天起就顺着树干向小白杨里面钻。现在小白杨到了庆祝自己命名日的时候，满树盛开芳香的红艳艳的野蔷薇花。蜜蜂和黄蜂嗡嗡叫着，丸花蜂发出嗡嗡的响声。大家都飞来祝贺命名日并畅饮甘露，把蜜带回家。

饱满的水泡

一整天都下着雨,冒着水汽。山雀不像过去在温暖的阳光下用求偶的声音那样啼鸣。现在在雨声的伴奏下它不停地发出声音,甚至仿佛因此而变瘦了:在树枝上显得那么纤小。乌鸦甚至不想飞上树,就在路上发情,又是点头鞠躬,又是发出沙哑的叫声,又是因欲望而喘不过气来。

水的春天开始得很迅速。田野上和树林里的雪变成颗粒状,可以行走,像滑雪板那样挪动双腿。林中云杉树周围分布着一些宁静的小湖。在露天的林中空地上来去匆匆的雨没有在水洼上溅起水花。但是在小湖里云杉树枝上的水滴却沉沉地滴下去,滴到水中的每一滴都溅起一个相当大的饱满的水泡。我喜欢这些水泡,它们使我想起既像父亲又像母亲的小孩。

亲爱的茶炊

常常有这样的安宁寂静,这样的泰然自若,你怀着这样一种关注看任何人:如果长得漂亮——你就赞赏,如果长得难看——你就怜恤,那么,在任何东西中你都会感觉到创造它的人的心灵。

现在我放上了茶炊,为我服务了三十年的茶炊——我竭力像茶炊似的,也要满怀喜悦,让亲爱的茶炊在水沸时不掉下泪来。

节　奏

在我的天性中经常有一种对节奏的企求。有时候你起得很早，走到遍地露珠的户外，心头会充满欢悦，当即便下决心，应该每天早晨都这样走到户外来。为什么要每天早晨呢？因为一浪接一浪……

水

在大自然里无论谁也不像水那样含蓄。人的心灵只有在欢乐的满天朝霞出来之前才会这样：聚精会神，屏息不动，仿佛你善于从通向总源世界的支流深处找到自己，在那里汲取活水并回到人类世界——这时迎接你的是沐浴着灿烂阳光的风平浪静的水，它宽阔浩瀚，华美绚丽。

嫩　叶

云杉树开花，像红蜡烛似的，黄色花粉飞扬。在一个又老又大的树墩旁我直接坐到地上。这个树墩里面完全是腐渣屑。本来，假如极为坚硬的木质没有裂成像木桶上的许多小木板，每块小木板不靠在腐渣屑上，不支撑它的话，树墩大概就完全瓦解了，而现在从腐渣屑中长出了白桦，还开花了。各种各样从下面开花的结浆果的草都向这老而大的树墩攀长。

树墩支撑着我，我坐在白桦树旁边，竭力想听到颤动的树叶的簌簌声，却什么也听不到。但是风相当大，林中的音乐时强时弱一阵阵滚过云杉树传到这里。声浪走得很远，没有再来，喧闹的帷幕落下了，有片刻万籁俱寂。苍头燕雀就利用这机会，敏捷而坚定地放声欢鸣，听着它真令人高兴……你想想，生活在大地上多好！但是我想听到我的白桦树的嫩叶，淡黄的清香的闪光的嫩叶的柔声细语。不！它们是那么柔嫩，只是微微颤动，闪着光，发出香气，但是不喧哗。

老树墩旁

树林里从来都不会空，如果觉得空，那是自己错了。

死去的老树。它们那老而大的树墩被包围在树林里，十分安宁。热烘烘的阳光透过树枝落到它们的阴暗处，因为温暖的树墩，周围的一切都暖和了。一切都在生长，运动。树墩也长出了各种绿色植物，披上了各种鲜花。在晒热的地方光是一个明亮的阳光斑点上就聚集了十只螽斯，两条蜥蜴，六只大苍蝇，两只步行虫……周围聚集着高高的蕨，像客人似的，某处呼号的风那最轻柔的气息也难得闯到它们那里。因此，在老树墩的客厅里一株蕨俯向另一株，低语着什么，而后者又对第三者喃喃着，所有的客人都在交流思想。

小 溪 旁

白桦树现在早已披上盛装，隐没在高高的草丛中。而我给它们拍照时，那是初春，白桦树下的雪地里开始流出第一条小溪，在蓝莹莹的雪色上显得黑幽幽的。从那时起直到白桦树脱下绿装，在它们下面长出各种各样带穗的，带球果的，带叶柄的花草，许许多多水从小溪流逝了，而小溪自身则长满了深绿色的密不透缝的苔草，以至我不知道，小溪里现在还有没有水。这个时候我的情况就是这样：从我们分开起多少水流走了，根据我的外表无论谁也不知道，我心灵的小溪仍然活着。

水 之 歌

水的春天聚合了许多同源的声音。有时候你很久都无法明白，这是什么：是水在汩汩流淌，或是黑琴鸡在喃喃低语，或是青蛙在呱呱鸣叫。所有的声音都一起汇成一支水之歌，而在它的上方，与之相和的是田鹬那像上帝的绵羊发出的咩咩声。与水相一致，山鹬沙哑地啼唱，麻鸦则神秘地"嗨呀"大叫：所有这些鸟的奇怪歌声都出自于春天的水之歌。

风 神 琴

悬挂在陡坡下的长而密的树根，现在在黑黑的岸拱下面变成了冰锥，越长越大，够到了水面。当微风，甚至是最柔和的春风吹起水的波纹时，小小的波浪触及陡坡下冰锥的末端，使它们躁动起来。它们摇曳着，互相碰撞，发出声音，这声音就是春天的第一个声音，风神琴发出的声音。

第一朵花

我以为偶尔刮来的微风拂动了老树叶，而这是第一只蝴蝶飞出来了。我以为这是眼睛发花，而这是第一朵花开了。

致神秘莫测的朋友

这个早晨阳光灿烂,露珠晶莹,犹如未经开垦的土地,未经考察的天层。早晨是独一无二的。谁也还没有起床,谁也没有看见什么,你自己是第一个看见的。

夜莺唱完了自己的春之曲。在僻静之地还留有蒲公英。也许,某个潮湿黑暗的阴处铃兰还开着白花。活泼的夏鸟——鹪鹩着手帮助夜莺。黄莺的笛声特别动听。到处是鸫鸟那不安分的唧唧声。啄木鸟已倦于为自己的小鸟寻找活的饲料,远远地离开它们,蹲在树枝上就只是休息。

起来吧,我的朋友!把自己的幸福之光集成束,勇敢些,开始斗争,帮助太阳!听着,布谷鸟着手帮助你了。瞧,鹭在水上空滑翔,这不是普通的鹭,这个早晨它是第一,也是唯一的一只鹭。瞧,喜鹊走到了路上,身上的露珠闪耀着——明天它们已经不会这样闪耀了,白天也不再是这样的了——这些喜鹊将会出现在别的地方。这个早晨是唯一的,整个地球上无论哪一个人都还未见到它;只有你和你神秘的朋友看见了。

人们生活在大地上几万年,积累了欢乐,互相传递,为的是你来,发扬它,把它的锋芒集成束并感到欢乐。勇敢些,勇敢些!

我的敌人!你根本不知道,如果你知道,你永远也不会明白,我用什么和为什么编织欢乐。但是,如果你不明白我的好的方面,那么你干嘛要抓住我的错误,用这样微不足道的小事来非难我?走过去吧,别妨碍我们欢乐。

心灵又开阔了：云杉，白桦——我目不转睛地盯着松树上如绿色蜡烛般的花，云杉上的红色嫩球果。云杉，白桦，有多美呀！

上部的轮生

早晨铺满了昨天的落雪，后来太阳露了一下脸，刮着寒意凛冽的北风。整天飘着沉甸甸的云朵，一会儿露出太阳，一会儿又遮蔽它并威吓着……

林中背风的地方若无其事地继续着春天的生活……

树枝尚没有披上绿装，可是却有长着柔荑花序的花和长长的包得紧紧的绿芽。当它们从树林所有的层面垂下来，会合并交织在一起时，林中有多少令人陶醉的故事呀！

稠李的枝条变绿了，接骨木丛开着带茸毛的红花，早春的柳树从它过去毛茸茸的树皮被下冒出小小的黄花，后来形成一团，犹如刚从蛋壳里钻出来的黄绒绒的小鸡雏。

甚至不算老的云杉的树干也覆盖了一层绿色的针叶，犹如披上了一层皮，而在最上面轮生的最高的一根枝条上清晰地显露出未来一轮的新节……

我不是说要让我们饱经沧桑的成年人回到童年，而是要每个人在自己心中保留自己的童年，永远也不要忘了它，像树一样构建自己的生命：这个萌芽阶段的最初的轮生总是在上面，在光亮处，而树干——这是它的力量，这是我们成年人。

飘吧，飘吧，五月的雪花！让所有的生物都记住严寒并躲起来，在那里，在自己的洞穴里，在裂口中，在缝隙中憧憬着伟大的光明照耀下的绿色的轮生：这不是空洞的幻想，它意味着，我们离去成为树干，而孩子们则在成长。

麦　粒

现在就是莎士比亚的想象力也压不倒作为作家的我：我清楚地知道，假如我能不用想象而只是通过耐心的发掘，在自己身上找到一粒人们赖以生活的东西并叙述这一点，那么莎士比亚本人也会把我当兄弟一样叫到自己的猎人城堡，他就不会想到把自己天才的伟大力量与我相信某个朋友的这颗麦粒对立起来。

神秘的生命

很久以前，这里，在这片盛开着夏花的林中空地上，曾经有人住过：瞧，那里显然被挖过，那里则被掘过，那里大概有过房子，这里是地窖，而在草地上，凭着浓绿色的一条草带，可以猜到，这曾经是早已逝去的人走过的路。

我走在这条草带上并觉得，因为某种事物我的感觉和理解是可以改变的。我身上可能发生这种情况：在自己身上认出那早已逝去的人，正像他当年走这条路一样，现在以"我"的形骸在浓绿的草带上走着。

当那个人在我身上复活时，在一棵大橡树下，我根据绿色鲜嫩的草看到了另一棵也是大树的深绿色的形象。刚刚想到这一点，我就领悟到，与这棵橡树一起长久生长的另一棵橡树早已倒下了，早已散成灰，变成了肥料，孕育了鲜嫩的草地上浓浓的绿茵。

芽苞闪光的晚上

　　芽苞绽放了，巧克力色，带着绿色的小尾巴，在每一个绿色的小嘴上都挂着一大滴晶莹剔透的水珠。你摘下一个芽苞，在手指间将它碾碎，接着就会有一股树脂香味向你袭来，或是白桦树的，或是白杨树的，或是唤起往事的稠李树的特别香味。这时你会回想起，过去常常爬到树上采果子，那些果子像黑漆似的闪闪发光。我连核一起吃了一把又一把，不知为什么从来也没有发生什么糟糕的情况，总是安然无恙。

　　风暖洋洋的，一片宁静。你紧张地等待什么：这样的静谧必定会发生什么。瞧，好像降临了：树木间开始絮絮低语了，白桦与在远处的另一棵白桦彼此呼应着，小白杨如绿色的蜡烛立在林中空地上，正在给自己寻找也是这样的蜡烛，稠李把绽开着芽苞的树枝伸向另一棵稠李。因此，若与我们相比，我们是用声音互相呼应，而它们则是用芳香：现在每一种树周围都有自己的香味。

　　当天色变暗时，芽苞就隐没在黑暗中，但是它们上面的水滴却明晃晃的，甚至在黑乎乎的稠密的灌木丛中什么也看不清时，水滴却闪着光，只有水滴和天空有亮光：水滴从天空获取光并在幽黑的树林中为我们照亮。

　　我觉得，仿佛我整个儿就凝聚成一个饱含树脂的芽苞并想迎着不知名的唯一的朋友绽放，这是非常要好的朋友，只要等待他，一切妨碍我行动的东西就烟消云散了。

林中小溪

如果你想了解森林的秘密，就找一条林中小溪，沿它的岸向上游或下游走。早春时我就在我喜爱的小溪岸上走。下面就是我在这里的所见所闻所思。

我看到，在一个小小的地方流水遇到了云杉树根的阻碍，因此而发出潺潺声并生出泡沫，这些泡沫很快奔驰而去并迅即破灭了。但是很大一部分是在遇到老远就可见到的一团白雪处的新障碍才破碎的。

水面上阳光的颤动在云杉树干上、在草上投下了阴影，阴影沿着树干、草而移动。在这种颤动中产生了声音，令人觉得，仿佛草在音乐声中生长，你看到了阴影的协调和谐。

水从略为宽阔的水面急速流向狭窄的深水道，因为这无声的奔流，使人觉得，仿佛水在收缩肌肉，而太阳与此相呼应，水流的阴影紧张地在树干上、草上掠过。

要不就遇上一个大障碍，水仿佛在抱怨，远远地就能听到它的怨泣声和拍溅声，但是这不是软弱，不是抱怨，不是绝望，水根本不知道人的这些情感，每一条小溪都深信，它能奔流到自由的水域，即使遇到山，就算是厄尔布鲁士山，它也能将它切割成两半，或迟或早它能奔流到……

水上的涟漪沐浴着阳光，阴影像清烟一般永远在树木和绿草上飘移。在小溪的淙淙声中含着树脂的芽苞绽开了，草从水下和在岸上长了起来。

静静的水潭里有一棵倒下的树，这里闪闪发亮的漩涡在静静的水面上放出波澜。

水流伴随着低沉的汩汩声有信心地流淌着，不能不欢乐地彼此呼应着，因为许多条强大的水流正汇合成一股巨流，它们相遇，相汇，相谈，相应。这是所有来到和散去的水流在彼此招呼。

水碰到了新长的黄花的花蕾，于是就颤动起来。小溪的生活就在水泡和泡沫中，不然就是在鲜花和舞动的阴影中欢乐地呼应着度过的。

一棵树早就牢牢地横卧在小溪上甚至已经发绿，但是小溪给自己在树下找了个出口，迅速地，带着颤动的阴影奔流着，发出潺潺的响声。

有些草已长出水面，现在在水流中经常俯向水面，回应着阴影的颤动和小溪的行进。

让路上有堵塞，让它有吧！障碍造就着生活，没有它们，水就没有生气地立即流向了海洋，犹如莫名的生命离开了无生气的躯体。

在路上出现了宽阔而略深的低洼。小溪没有吝惜自己的水，注满了它，继续向前奔流，让这个水洼过它自己的生活。

在冬雪的重压下一株宽阔的乔木弯曲了。现在许多枝杈伸进了小溪，像蜘蛛似的，还是灰色的，趴在小溪上，蠕动着自己所有的长腿。

云杉和白杨的种籽漂浮在水面上。

小溪穿过树林的整个行程是一条漫长的斗争道路。这里时间就是这样产生的，斗争就是这样延续的。在这种漫长的过程中得以产生生活和自我意识。

是的,没有这些每一步都出现的障碍,水立即就流走了,就根本不会有时间和生命……

在自己的斗争中小溪努力着,水流如肌肉一般拧紧,但是毫无疑问,或迟或早它会流入汪洋自由的水中,这"或迟或早"就是时间,就是生命。

望着这生气勃勃的小溪,我也想到了自己,或迟或早我将归入浩瀚的水中,纵然我在这里将是最后一个,那里一定会把我当第一个来接纳。在那里,在浩瀚的水域,在汪洋中,全都是第一个,因为生命没有尽头。

一股股水流呼应着,在两岸紧挟中奋力奔流,反复说着自己的话:"或迟或早",就这样整日整夜嘀咕着这"或迟或早"。只要没有流走最后一滴水,只要春天的小溪不干涸,水就会不倦地重复着:"或迟或早我们会归入海洋。"

沿着岸边水面,春水被切割成一个浅圆湖,里面有湖水泛滥留下的一条狗鱼,它成了俘虏。

或是你突然来到了小溪的一处安静地方。整个树林你都能听到灰雀的咕咕鸣叫,苍头燕雀触动老树叶发出的簌簌声。

或是有力的水流和两股水流的小溪呈斜角汇合,全力冲击着陡坡,百年云杉那强大的根系却使陡坡变得非常坚固。

我就坐在根上,感觉非常好。我边休息边听着下雨。陡坡下面,强劲的水流满怀信心地呼应着,在自己的"或迟或早"中呼——应——着。

在小山杨林中水拍溅着,在一个角落聚合,像一个湖似的,从高约一米的断面落下去,因而老远就汩汩作响,虽然水声汩汩,小湖上却只有宁静的波纹,小小的波纹,密集的小山杨树被冲歪在水下,像蛇一样不停歇地要向下奔去,但总被自己的根系拖住而无法离去。

小溪把我束缚住了,我无法离开它,我感到无聊。

我走到林中一条路上。现在这里是长得最低的青草,青翠碧绿,可以说,几乎是毒草,两侧是灌满了水的两个车辙。

在最年轻的白桦树上,带着树脂清香的芽苞灿烂地闪耀着,但是树林尚未披上绿装,而布谷鸟今年飞到了这个尚是光秃的树林中。布谷鸟飞到光秃的树林被认为是不好的兆头。

在只开着瑞香、银莲花和报春花,树林尚未披上绿装的春天,我这么早就走过这伐木迹地已经是第十二个年头了。这里的灌木丛、树木、甚至树墩我都了如指掌。荒野的伐木迹地于我就像是花园:我抚爱每一丛灌木,每一棵松树,每一株云杉。它们全都是我的,这一切如同是我栽了它们一样,这是我个人的花园。

从这个花园我回到了小溪。在这里看到了林中发生的大事:一棵百年云杉结满了新老球果,被小溪冲刷了树根,倒了下来,无数树枝横卧在小溪上。现在流水拍击着每一根树枝,边奔流边重复着"或迟或早……",与其他的水流交相呼应。

小溪从荒僻的树林流到了林中空地上,在没有遮蔽的温暖的阳光中漫溢成宽阔的水洼。这里从水中长出了第一朵黄色的花,犹如一个蜂房,里面结着青蛙的卵,它们已经成熟。透过透明的蜂房孔可以看到黑黑的蝌蚪。这里,就在水的上方,几乎有跳蚤那么大的浅蓝的小苍蝇飞舞着，立即掉入水中，又不知从哪里飞了出来，又掉下去，似乎它们短暂的生命就在于此。如铜一般闪耀的水甲虫在静静的水中旋转着。一只姬蜂向四面八方飞窜，甚至都没有使水波动。又大又鲜艳的黑星黄粉蝶也在水的上方飞舞。在静静的水湾周围小小的水洼长满了草和花，而在一些早萌动的柳树上，毛茸茸的柳花绽放了，很像黄毛绒绒的小鸡。

小溪发生什么情况了？有一半水成单股溪流向一方流去，而另一半则流向另一边。也许，在为"或迟或早"的信念的斗争中水分流了：一股水说，这条路将早一点通向目标，另一个方向的水则看到了一条近路，于是它们分道扬镳，绕了一个大圈，在它们之间形成了一个大岛，重又高兴地汇合在一起并明白了：对于水来说没有不同的路，所有的路或迟或早都必定将它通向大洋。

我的眼睛里充满令人亲切眷爱的景象，耳朵里一直听到"或迟或早"的声音，白杨和白桦树脂的芳香——一切都汇合在一起，我觉得好得不能再好了，我不用再去哪儿。我坐到树根之间，靠在树干上，脸朝向温暖的太阳，这时我所期望的时刻降临了并停住了，我第一个进入了鲜花盛开的世界。

我的小溪来到了大洋。

花　河

在春天的流水奔驰的地方，现在到处是花流。

在这个草地上行走，我的感觉非常好。我想："这就是说，春天浑浊的水流没有白淌。"

生机盎然的夜

三四天前在春天的运动中发生了最后一个大让步。温暖和雨水把我们的大自然变成了温床，空气中充满了白杨树脂、白桦嫩叶、开花的柳树的芳香。真正温暖的生机盎然的夜开始了。从达到这样的日子的高度回头看并为创造这些美妙的充满生气的夜而引进必要的雨天是好的。

富有生命力的雨

太阳出来露了一下脸就被轻柔的云遮蔽了，开始下起雨来，对植物来说，它又温暖又富有生命力，犹如爱情于我们。

是的，这暖雨掉在恢复生气的植物那含着树脂的芽苞上，温柔地触及树皮，而树皮马上就在雨滴下改变了颜色，使你觉得，这天上降下来的温暖的水对植物的意义就像爱情对我们来说一样。就像我们所有的那种爱情，它们的那种水——爱情——在下面冲洗着、抚爱着高大的树木的根，于是树立刻因为这种爱情——水——倒塌了，成为从此岸到彼岸的桥，而天雨——爱情——继续掉落到露着根的倒树上。树是由于这种爱才倒的，现在则绽开了芽苞，发出树脂的清香，这个春天它将像大家一样开花，开花并给别的生物以生命。

水和爱情

对于动物来说，从小虫子到人，最相近的自然性是爱情，而对于植物来说则是水：它们渴求它，而它则从地里、从天上来到它们那里，犹如我们有尘世的和上天的爱情……

稠 李

我很惋惜倒下的白桦树，坐在它上面休息并望着一棵大稠李树，有时忘了它，有时思绪又惊奇地回到它上面来。我觉得，仿佛稠李树就在眼前穿上了似乎是用绿色的喧哗制作的透明的衣裳：是啊，在灰溜溜的还没有披上春装的树木和稠密的灌木中它是碧绿青翠的，同时，通过这片绿色我看到了它后面稠密的白色的白桦树林。但是当我站起身，想与绿色的稠李告别时，我觉得在它后面的白桦树仿佛看不到了，这是怎么回事？是我臆想出仿佛有白桦树……还是在我休息那段时间里稠李穿上了衣裳……

松 树

我很想让这些松树永远耸立着，还想让它们成为我个人所有，以便我能永远看它们，爱它们。艺术家也追求这种"永远保留"和"归己"：正是这些因素创作出莎士比亚卷帙浩繁的作品和泼留什金[1]的众多箱子。

一口牛奶

一杯牛奶放在拉达[2]的鼻子跟前，它转过了身。把我叫了去。

---

[1] 果戈理的小说《死魂灵》中的地主。——译注
[2] 猎犬的名字。——译注

"拉达，"我说，"应该喝一点。"它抬起头，摇动尾巴。我抚摸了它一下，由于这种爱抚，它眼中流露出生气。也许，正是这几口牛奶决定了有利于生命的斗争。这样一口牛奶也决定着人世间的爱。

女 主 人

这个安娜·达尼洛夫娜是个多么出色的女主人和母亲呀！尽管有四个孩子，自己还在铁路售票处当清洁工，可是两个房间收拾得井井有条，不由让你回想起旧农村：堆满粪肥，无人照管的孩子，靠婆娘的劳动酗酒的醉鬼……现在仿佛是一步登天了！但是当我对安娜·达尼洛夫娜说到这点时，她很伤感，对我说，非常想念家乡，真想抛弃一切，马上动身去那里。

"那么，您呢，瓦西里·扎哈罗维奇？"我问她丈夫，"也很想去农村，去家乡吗？"

"不，"他回答，"哪儿也不想去。"

原来他是从萨马尔边区来的。1920年的饥荒中他是家中唯一活下来的人，还是个孩子时就去农村给一个老头当雇工，离开老头时却一文不名，只是在农村娶了安娜·达尼洛夫娜，就到船厂当工人了。

"为什么不想回故乡？"我问他。

他苦笑了一下，跟妻子稍稍交换了一下眼色，腼腆地说：

"这里就是我的故乡。"

迟来的春天

先是铃兰花开,然后是蔷薇:一切植物都有自己开花的时间。但是从铃兰花败起过了整整一个月,在最幽黑的林中僻处却有一花独放并且散发着香味,这是很少有的。可是人却常有这种情况:往往是在寂静的什么地方,在有生命的阴暗处有一个陌生人,人们认为他"活过时了",就从旁边走过去了,而他却突然出乎意料地走了出来,满面春风,容光焕发。

母 菊

多么令人高兴啊!在林中草地上遇上了母菊,是最平常的"爱——不爱"。鉴于这种令人高兴的相遇,我回到了这样的思绪:树林只对那些会对它的生物亲切关注的人敞开胸怀。瞧这第一朵母菊,它见到来人后便会猜测:"他爱还是不爱?""没有看到,没有注意,走过去了,这就是说他不爱,只爱自己,或者注意到了……噢,多让人高兴,他爱!但是,如果他爱,那么一切多么美好;如果他爱,那么他甚至可以把我摘下来。"

爱 情

人们称之为"爱情"的东西,在这个老画家的生活中没有任何迹象。他全部的爱,人们藉以为自己生活的一切,他都奉献给了艺术。他沉浸于自己的梦幻,蒙着诗意的面纱,满足于不时迸发的极度孤寂和陶醉于来自大自然生活的欢乐。他依然像一个孩童,也许,过不了多久,他会死去,深信大地上的整个生活就是这样的。

但是有一天一个女人来到他这里。他对她,而不是对自己的愿望,轻轻地说出了自己的"我爱你"。

大家都这么说。但泛喜草期待着从画家那里听到独一无二的不同寻常的感情表白,便问道:

"这'我爱你'意味着什么?"

"这意味着,"他说,"如果我剩下最后一片面包,我不会吃它而把它奉献给你;如果你病了,我不会离开你;如果应该为你干活,我会像驴一样把套索套到自己身上。"

他对她还讲了许多人们出于爱而常说的话。

泛喜草没有等到前所未有的表白。

"献出最后一片面包,照顾病人,像驴一样干活,"她重复说,"这可是大家都具备的,大家都这么做……"

"我就想这样,"画家回答,"大家具备的,现在我也要具备,我说的就是这个意思。我终于体会到不把自己看成特殊的人、孤独的人的莫大的幸福。我要做一个像所有的好人一样的人。"

林中点滴

根

我看到，日出前在西边闪耀的月亮降落着，这一次它降得比昨天低，因此在水洼地里没有倒影。

太阳一会儿露出来，一会儿被云彩遮蔽，你就想，"就要有雨了"，却一直没有雨。渐渐地天变暖和了。

昨天热烘烘的太阳还没有完全消融新结的冰，因此尖利的薄冰呈宽带状还留在岸边。未结冰的水那蓝莹莹的涟漪不安宁地看着它，由此发出的声音宛如孩子们在薄冰上扔小石块：仿佛一大群啾啾啼鸣的小鸟飞过。

在水洼地的有些地方留下了薄薄一层昨天的冰，犹如夏天的浮萍。海鸥在上面漂游，在身后留下了水迹，但是为躲避孩子们而从岸上逃到这里的老鼠在这样的冰层上奔窜却没有使冰坍陷。

望着整个河滩地上唯一的一棵树——我窗前的榆树，我看到所有的鸟都停在它上面：苍头燕雀，红额金丝雀，红胸鸲，便一直想着这棵树。饱受生活折磨的我曾经坐在这棵树旁，与它交融在一起。这棵树的根成为我在家乡土地上的根，在自己漂泊不定的生活中我也扎下了自己的根。

白 桦

冬天白桦树融化在针叶林中。而春天,当树叶展开时,仿佛白桦树从幽暗的树林中来到了林边,一直到白桦树叶变得暗无光泽,多少不能与针叶树的颜色相比。还有秋天时,在隐匿之前,白桦树往往披上金装与我们告别。

林 中

树木百年的努力做了自己的事:这棵云杉把上部的枝条带向了光明,但是下部的枝条——它的孩子,不论母亲怎么把它们往上拽,它们仍然留在下面,形成了帐篷,长出了绿色的须。在这个雨和光难以穿透的帐篷下面居住过……

"谁在那里居住过?"

我们打猎回来经过这棵云杉。拉达闻到了它里面有某种东西,停住了。我们想:"会窜出或飞出什么东西来?"

有什么东西猛冲出来,逃走了,这是什么东西,没有人知道。

云杉和白桦

云杉只有在强烈的阳光下才是漂亮的:那时它通常有的黑色透着最浓重最强烈的绿色,而白桦,无论是在阳光下,还是在最灰蒙蒙的日子,或在雨中,都是可爱的。

背　光

白桦和杨树是最喜爱光的树。我觉得，杨树尤其如此。它的每一片树叶都颤动着并从四面八方沐浴在阳光下。杨树是喜光的，而在杨树下面长的是喜阴的草，蕨，木贼。这样稠密的杨树林连兔子也窜不过，而在这里的密林中还从地下钻出高高的荨麻……世界上到处都这样：哪里有光，那里就有阴。

草

水潭上方的高大云杉已经死了，连那绿色地衣的长须都发黑了，它枯萎了，掉下了。草选中了这棵云杉，开始顺着树干越来越高地攀升。它攀升时从高处看到了什么，大自然里发生了什么？

树皮带上的生命

去年，为了给砍伐地做个记号，我们折断了一棵小白桦树，它几乎就靠一条细细的树皮带悬挂着。今年我认出了那个地方，便很惊讶：这棵白桦树悬挂着，却仍披着绿装，大概，树皮带给悬挂着的树枝供给汁水。

瑞　香

朋友一离开我，我就环顾四周，我的注意停在一个老树墩上，它整个儿被空的云杉果刺出了许多孔眼。

整个冬天啄木鸟就忙活着这些球果：在树墩周围躺着厚厚

一层球果，整个冬天它把它们拖到这里并脱壳。

而瑞香穿过这一层球果从底下钻出来见光，无拘无束，自由自在。现在盛开着大红色的小花，这最早的春花的茎干确实像韧皮那样坚实，而且更为坚挺，因为是瑞香，没有刀而想把花摘离地，几乎是不可能的。大概也没有必要这么做。因为从远处闻瑞香的花，它散发着像风信子般美妙的香气。但是只要靠近鼻子闻它，那么它就发出臭气，比狼的臭气更臭。现在我望着它感到奇怪，并因它而想到了一些熟悉的人：从远处看他们很好，而当你走近了，便发出狼一样的臭味。

蚂蚁窝树墩

树林里有些老树墩布满了像瑞典乳酪似的孔眼，牢牢地保留了自己的形状……然而，假如不得不坐到这样的树墩上，那么孔眼之间的间隔显然就会坍陷，你就会感到自己在树墩上有点下沉。当你感到有点下陷时，要马上站起来，因为你下面这个树墩的每一个孔眼里会爬出许多蚂蚁来。多孔的树墩原来是个保留了树墩模样的十足的蚂蚁窝。

林中空地

林中空地。我走到那里，站到一棵白桦树下……出现了什么情况！云杉一棵挨着一棵，非常稠密，却突然在一块大空地边停住了。而在空地的另一边，也长着云杉，也停住了，没有继续向前生长。就这样，在整块空地的四周都是又高又密的云杉，每一棵云杉都在自己前面派出一株白桦。整片大空地布满绿色的小土包,这是以前田鼠干的,后来长起了苔藓并铺满了它们。种子掉在这些田鼠挖起的小土包上,长出了白桦。而在白桦树下,在它母亲般的遮阳避寒的呵护下,长出了喜阴的小云杉,因此高大的云杉自己不敢公然把自己的幼苗派到空地上,就在白桦的庇护下派出它们并在白桦的保护下穿越空地。

再过好多年,整片空地将只长有云杉,而它原来的保护者白桦将在阴影中凋萎。

树的尸体

树的尸体不像臭气熏天的动物的尸体。瞧白桦树倒下了并淹没在紫参中,还长出了三色堇。榆树由于年老在它那老树皮上卷起了一个个小管子,而在每一个小管子中一定住着什么东西。

林 书

树林的书本只给不带丝毫私念私利去阅读的人。即使你只需要核桃或蘑菇,那也将妨碍你,影响你注意深入林中生活的进程。

小杨树的树林,矮生的核桃树,在核桃树下长着蕨和羊角芹,它们的第三个共生者是木贼。

应该学习在树林中走路,要自下而上地观看树木,不然,通常你只是看下面或者就是看自己正对面,而上面有什么情况——就没有看到。

草受到露水的侵袭,就像被雨淋过一样,甚至灌木也受到露水的浸润。露水究竟蔓延到树林的哪一层呢?

树木在服务

在所有人工栽植的地方，在公园，在街心花园，树木不仅仅管自生长，而也为人服务：为他们纯净空气，为他们提供休憩——这里人能惬意地呼吸，能好好地思考。在树林里人不仅仅只是欣赏树木，而且必须学习，是的，人必须向树木学习。

打丘鹬

我惟妙惟肖地吹着哨声召唤花尾榛鸡，等待着丘鹬，同时打算回忆林中的植物群和动物群，在我个人的经验中我是怎么遇上它的，以便渐渐地找到把整个树林的生态多样性联结起来的线索，例如，十分奇妙的是，鼩鼱掉进了深深的车辙，夜里不得不在车辙里奔跑，直至跑到村庄。它可能会遇上田鼠，狐狸，猫头鹰可能会扑向它，人的大车轮也能压死它。

幽暗的树林

在阳光明媚的白天，幽暗的树林非常好，这时既凉快又呈现许多明亮的奇景。当鸫或松鸦飞过，穿越阳光时就像天堂鸟；林下灌木丛中最普通的花楸的叶子犹如童话中那样闪耀着金色的光芒。

你走入密林向小河走去，越往低处走，树木长得越稠密，也越凉快，直到终于在阴幽的黑暗中，在啤酒花缠绕的赤杨树间水底壑的水不再闪光，岸上也不再显现那潮湿的沙子。应该悄悄地行进：可以看见斑鸠在这里饮水。后来在沙子上可以欣赏它的爪印，旁边则是各种林中居民：瞧狐狸走了过去……

树林之所以被人称作幽暗，是因为太阳望进去就像朝小窗里望一样，不是所有的东西都能看到，因此它无法看到獾穴以及它们旁边被夯实的小沙场，而小獾就在那里游逛，这里挖了许多洞穴，看来，全是因为住在獾穴里的狐狸，它那臭气、肮脏逼走了獾。但是，獾不想更换地方，因为这里是个非常好的地方：沙丘，四面八方都是峡谷，到处长满了密林，太阳望着，但是透过小窗户什么都看不到。

机械的声音

靶场上打炮时，我们在林中觉得，仿佛是这里云杉林中什么地方大雷鸟飞了起来，而当公路上响起摩托的"突突"声时，林中什么地方仿佛花尾榛鸡飞来飞去。但是，当林中大雷鸟真的大喊一声时，你已经知道，这是大雷鸟。鸟像我们一样也习惯了机械的声音，求偶鸣叫的黑琴鸡在拖拉机发动的轰鸣声中听到，狐狸或猎人在偷偷走近它。

林中墓地

砍柴火的人劈出了一条林带，不知为什么没有把柴火全运走，这样在砍伐地留下了一个柴垛，有些地方完全隐没在长满浅绿色大叶子的小杨树林中或稠密的云杉林中。谁了解树林的生活，就会知道，没有什么比这样的砍伐迹地更有趣的了，因为树林——这是一本秘而不宣的书，而砍伐迹地则是翻开的书页。松树林砍伐以后太阳闯进来，因而长出了肥硕的草，都不让枞树和云杉籽长出来，然而小小的山杨树枝繁叶密，甚至战胜了草，不顾一切地蓬勃生长着。当山杨树林压制住草长时，喜阴的云杉就开始在山杨树林里生长，长满，因此云杉通常换下了松树。但是在这块砍伐迹地上是一片混合林，最主要的是，这里有一块块变成沼泽的长满苔藓的小地，它们充满活力，从树木被砍伐那时起，很让人赏心悦目。

就在这块砍伐迹地上现在可以了解树林的全部生活，看到它的多姿多彩：这里有长着淡蓝色和红色浆果的苔藓、红的和绿的苔藓、小星星状和大星星状的苔藓、罕见的白色地衣的斑块、附带着红色越橘、矮树丛……到处可见在老树墩旁，在它们的黑背景上，阳光中的小松树、云杉树、白桦树鲜翠发亮，旺盛的生命交替，令人感到乐观的希望。黑色的树墩，这些过去高大的树木留下的光秃秃的坟墓，根本没有因自己的模样而令人不快，而在人的墓地上却往往会这样。

树木有各种各样死法。就拿白桦来说，它是从里面腐烂的，因此你会很长时间把它那白色的树干当作是树，可是那里面全是腐屑，这木头海绵吸了许多水，相当重，如果推一下这样的树而未加防备的话，那么树的上部可能会倒下来砸伤甚至砸死人。你常常能看到白桦树墩像花束一般矗立着：光有桦树皮像白衣领一样，它有树脂，不腐烂，而从里面，在腐屑上，却长出了鲜花，新的树苗。云杉和松树死了后首先掉树皮，像脱衣服似的，一块一块往下掉，在树下积了一大堆，然后树梢、树枝倒下来，最后树墩也散塌。

如果仔细观察地表的细处，那么某个树墩的遗迹不见得不如宫殿或塔楼的生活值得描绘，许多鲜花、蘑菇、蕨急于弥补曾经伟岸的树木的瓦解，但是首先是树木本身就在树墩旁长出了小树苗延续自己的生命。苔藓，鲜绿的，大星形的，带有密密麻麻褐色小锤状的苔藓急于覆盖光秃的朽木，而从前这些朽木曾把整棵树支撑起来，现在却一截截横陈在地下；在这片苔藓上常常有红色的盘子大的红菇。浅绿的蕨、红色的草莓、越橘、浅蓝的黑果越橘包围了树墩遗迹。爬藤的红莓苔子不知为什么要爬过树墩，你瞧，它那长着小叶的藤茎上挂着血红的浆果，把树墩的遗迹点缀得异常漂亮。

水

涅尔利河

涅尔利河在沼泽地上流过。蚊子没有苏醒之前，这里是非常好的。它的支流库勃里亚是一条活泼的流水淙淙的河。它那陡峭的一边是森林，很是荒凉，就像涅尔利河上一样；另一边是耕地。涅尔利河周围长满赤杨和稠李。你乘船在河上行进，犹如在绿色的拱顶下漫步。这里夜莺也非常多，就像在黑土地区的大庄园里一样。

我们乘自己的小船。我们前面是柔荑花，没有披上盛装的树的花：赤杨树的柔荑花，早柳的黄色小花，还有各种花蕾和稠李那半绽开的大芽，在空中像织成了一张网。未披上绿装的树木的枝条非常婀娜多姿，腼腆害臊，似乎比羞答答的姑娘更妩媚动人。

春天姗姗来迟。尚未披上绿装的树林里可以看到一切：各种鸟窝里正在啼啭的鸟，有着委婉动听嗓子的夜莺，苍头燕雀，善鸣的鸫，林鸽，布谷鸟也在眼前咕咕叫，黑琴鸡一边喃喃着求偶鸣叫，一边在树枝上踱来踱去。

啤酒花在许多地方完全缠绕了赤杨和稠李。有一根绿色的枝条从去年的老啤酒花下挣脱出来，就像被许多蛇缠绕的拉奥孔①。

前面漂游着四只嘎嘎叫的公鸭。当我们走近并想用来复枪射击时,三只飞了起来,原来第四只翅膀被打断受伤了。我们让这只没有翅膀的鸭子免受生命之苦,放到船头,用它作为拍摄河流时的前景。

倒　影

我拍摄了林中许多刚出现的奇美的白色小径。小径往往被中断,它下面则露出了灌满水的车辙,水中还有树的倒影。白色小径也常常被小湖断开,往往完全通到水下,从那里深处,在巨大的森林倒影中可以看到它。我穿着靴子无法到那里去,到这个海的另一边去,也无法走近那个大森林,但是我走近了倒影,甚至能够拍摄它,还不止!根本不用跑向飞机,不用让引擎震耳欲聋,我能站在融化的水形成的明澈的水洼前并欣赏我脚下的小小云朵。

水的春天的开端

不能说我离开是为了不再听到城市的喧嚣。一切都能听到:电力机车的汽笛声,各种各样的敲击声,但是这并不要紧,因为树林有自己的安静,它非常有效地吸引我的全部注意,以致我根本没有听到城市的汽笛声。

---

① 希腊神话中特洛伊城阿波罗的祭司。在特洛伊战争时,警告特洛伊人不要把特洛伊木马运进城。为帮助希腊人,女神雅典娜派两条巨蛇将他和他的两个儿子缠死。——译注

我行走着,没有发觉在下雨,但它是在下着,我开始意识到是在我走到一片小白桦树林时下雨的。由于初次遇到天降的雨水,它变得微微发红,灰色的大雨滴挂在枝头,水滴之大几乎像柳树芽。

我走到黑桥,原来这里在雪堆中还深深流淌着小溪流。只是在有些地方可以看到水的漩涡,因此今天我是最初始的水的春天的见证人。

在回来的途中我把今天的自由出行想作是走到水边:今年我要再到河边,到科斯特罗马的什么地方去。在我的计划中还没有把自己的生活与什么地方联系起来:就算是莫斯科,扎戈尔斯克,科斯特罗马吧……在每个地方我都应该与那些地方的溪流和河水汇入的自己的水库在一起。

道 路

结了冰、被粪肥弄脏的道路布满了马蹄和雪橇的滑木印,承载了过多的负荷。它径直通向洁净的大海。在明澈的水中,它变了模样,非常漂亮,从那里,与春天的云朵一起呈现出来。

小 湖

水或是诡诈的,或是在自己宏伟的事业中顾不上那样:在行进中发出拍溅声,奔流着,而你一看,在降落到草地后,小湖却没有水量。小湖里的狗鱼,在草地中间明净的浅水里的一条大鱼都尽在眼前……

在赤杨密林中

水边是被淹的赤杨的密林,开着柔荑花的树枝,直的圆的各种水流,有树林倒影、漂着柔荑花的沉静的小河湾,树木枝杈处卡住的冰块在奋争:在这里所有的水流都汇集起来互相帮助,喧嚣着,带走漂浮的泡沫构成一条白色的路。

水 底 壑

从两边形成了许多深潭,而在它们之间冲积了许多沙子,甚至母鸡都能在浅滩上走过。在中夏将会留下一些水底壑,它们之间的沟通是神秘且见不到的:似乎水底壑里的水是静止不动的,而你若放一根小棍在水上,它就随水流而漂动。

幽黑的和浅蓝的小河

在林中我喜欢岸上开着黄花、淌着幽黑流水的小河。在田野上河流是浅蓝色的,它们旁边的花是色彩缤纷的。

松林下的河湾

库勃里亚河水深而又明澈,从岸上可以看到它奇美的水下森林,它还有许多宽阔的河湾,这是条风光优美的河流,我生平从没有见过如此优美的河流。我悄悄地行走在河岸上,仔细探看水下的奇景和在绿色植物间游动的各种鱼。这些植物往往使人觉得是一片凝聚成云朵的绿色的雾。你便开始想,大概,这大片绿色形成并产生了所有水下的奇景。

一丛丛水仙及由它们生出的通向深处的根丝很是袅娜,以致想象到,仿佛它们是音乐家纤细的手指弹击钢琴键而产生的。把双眼从一边转向整条河流,那时你会觉得,所有这些水下植物及奇妙的小鱼都来自于音乐:歌曲是不再唱了,而它们却仍然留在这里。

我充满了幸福。我想让所有的人都看到,人有可能美好地生活,呼吸这样明净凛冽的空气,观看和聆听百合,细辨它们的音乐。但是,如果莎士比亚、但丁、普希金都未能做到和稍稍揭示一点真相,我又能做什么呢?

现在这些百合告诉我,创作是把现在扩展到未来:现在变得如此广阔,它囊括了整个未来。

林中客

复杂的简单

应该十分珍视遇见动物,甚至要做笔记,且不要有抒情的反应,通常我在自己内心寻找这种反应,因为这往往是写作的动因。但是有时候就这么简单地写,例如,松鼠在圆木上溜来溜去,这样写与自己的内心世界没有任何联系,结果,不知为什么,也很好,应该练习这样写,因为这已经不是自然主义,而是简单中含有某种复杂的东西。

荒 地

也许,这块荒地上曾经长过松树,后来被砍伐了;也许,后来人们利用这些松树留在沙地里的东西种过粮食。现在这里没有留下人的遗迹:到处都长着苔藓和帚石南,干花——蜡菊。从脚下噿地飞起不停地唧唧叫的蝈蝈,展开着红色的和浅蓝的翅膀。草鹬听到窸窣声便躲到灌木丛中,寄希望于人也许就从旁走过,因为他迷醉于谁也不需要的这片土地的空荒。本来我们也就走过去了,可是拉达闻到了什么,便一动不动地站在灌木丛对面……我们便分立于灌木丛两边,打了漂亮的禽鸟给自己当午餐。

林 中 潭

　　灰蝴蝶就像一只大谷蛾坠落下来，呈三角形仰躺在潭上。它是活的，却像用自己的翅膀钉在水面上。它不停地蠕动小脚，因此它自身也颤动着。小蝴蝶的动作在潭上漾开了一圈圈微澜。在蝴蝶下面，尽管有波澜，许多蝌蚪平静地游来游去，而小狗鱼像一根小棍似的躲在阴处石头那里——大概，它本来会抓住蝴蝶的，但是在那里，下面，想必不知道波澜，在水下当然哪有什么波澜呢！

　　但是在水上，因蝴蝶的颤动而引起的这不停的微波，在小小的水潭里仿佛引起了普遍的注意。这里，野生的醋栗把自己还是绿色的大浆果挂到了水面，开过花的款冬上的露水和水仙润了它的叶子，绿色的啤酒花像泥鳅似的越来越高地攀上高大而干燥的覆盖着绿色长须的云杉。而那里，下面，颤动的蝴蝶引起的波澜到不了的石头后面，整片树林从高岸上仰面直指蓝色的天空。

　　据我看，小狗鱼迟早会摆脱蛰伏状态，注意到深水洼的一圈圈波纹。但是，望着蝴蝶，我想起了自己的斗争：我也不止一次地仰面躺着，绝望中用双手、双脚和一切碰上的东西来搏取自由。我想起自己不自由的时光，曾在水潭上扔石头，也掀起了这样的波澜，波澜抬高了蝴蝶，使它舒展开身子，帮它飞上空中。就这样，自己的不幸教导着理解别人的不幸。

野 兽

大家都用野兽这字眼来骂人。当有人说"这真是头野兽"时，没有比这更糟的了。其实，这些野兽蕴藏着无限的温情。大自然里储存着多少爱——当野兽的孩子离别生身母亲，由别的母兽取代它时，就可以看到这一点。

从洞穴里掏出一只盲幼狐，把它交给有奶的母猫喂养，母猫盲目地爱它，它也像跟亲生母亲一样跟母猫亲热。

猫下了仔，把猫仔扔了，另一只母猫不久也在那只筐里产了仔，给它留下一只，于是两只母猫开始喂一只猫仔：亲生母亲会走开，另一个母亲会爬进筐里，似乎它的奶中含有使别的猫仔成为至亲的绝对力量。不仅仅是狼，甚至老虎也怀着莫大的温情望着人，如果从它小时候起人就代替它母亲抚养了它。

在所有的野兽中狗特别爱人，这种爱是这样一种性质，如同盲人对有奶的母亲的爱。从荒野生活中捕获的狗大概保留着对大自然母亲的失落感，便顺从和信任人，把他当母亲一样，从狗身上最明显地可以看到，野兽身上和荒野的大自然中蕴含着多大的爱。

倒 影

今天水面是这样的平静：水面上方的鹬和它在水中的倒影完全是一样的，仿佛朝我们迎面飞来的是两只鹬。春天第一次遛达时我就允许拉达追捕鸟儿。它发现了两只飞着的鹬，它们径直朝隐蔽在灌木里的它飞来。拉达瞄准着，它选的是哪只鹬？

是真的在水面上方飞行的鹬,还是它在水中的倒影?两只鹬彼此相像,如出一辙。

我把拉达的事——追捕飞行的鹬——转换成自己的事:在我的文学创作艺术中追捕自己的某只鸟。难道我的全部事情不正是为了避免去追捕幻影吗?

可怜的拉达为自己选择的是倒影。它大概以为现在将捉住活的鹬,瞬间从高高的岸上一跃而起,啪地掉进了水中。

乌 鸦

试枪结果打伤了一只乌鸦。它稍稍飞了一点就降停到树上。其他的乌鸦在它上方打了一会儿转,飞走了,但是有一只降落下来,停在它旁边。我走得非常近,任何乌鸦都一定会飞走的,但是这一只却留在这里。现在怎么知道这是怎么回事:它落定在受伤的乌鸦旁,是因为与它有感情,像我们人一样,是因为友情还是同情?也许,这只受伤的乌鸦是女儿,通常母亲是为了保护自己的孩子才飞到它身边,如屠格涅夫描写的黑琴鸡母亲:受了伤,鲜血淋漓地跑向诱笛。在鸡族中经常出现这种情况。

但是在想到凶猛的乌鸦时,也出现这样的不愉快念头:落停在受伤乌鸦旁的第二只乌鸦也许是闻到了血腥味,陶醉于眼前可能会有一场血的盛宴,它更近地靠向注定死亡的乌鸦,是出于私有感,不想在危险的时刻撇下它。

如果第一种情况是把人的感情移到了乌鸦身上,有拟人观的危险,那么后一种情况有拟鸦观的危险,也就是说,既然是乌鸦,那一定是凶猛的。

松鼠的记忆

我想到松鼠：如果储藏量大，你就能轻易地记住它。但是，现在我们是凭足迹看到，松鼠在这里经过雪而钻进苔藓，搞到从秋天起就藏在那里的两颗核桃，马上把它们吃了，然后跑开十米，又钻进去，又在雪里留下两三颗核桃壳，经过几米，做第三次爬行。不能认为它是经过雪和冻结的冰的融化层闻到了核桃的香味，这就是说，从秋天起它就记住了离云杉树多少厘米的苔藓地里有两颗核桃……而且，它记住的同时，不用测量厘米，直接凭肉眼确定：钻进去并弄到核桃。

鼩鼱

突然在我眼前地上，被雨雪压实的树叶拱了起来，有些叶子就靠叶边竖立着。接着在别的地方听到吱吱声，先是露出嘴，然后是顶针那么大的整个躯体，这是鼩鼱。

在我们昨天挖出的新土沟里有鼩鼱。这是最小的脊椎动物。我们在树林里就在它们上方走来走去，也许，甚至在我们每走一步的地下，就生活着一只或两只这种小动物。鼩鼱身上的毛使人想到田鼠：它的毛短，平，密，带有蓝莹莹的闪光。它根本不像老鼠：嘴巴成喙状，非常灵活，在罐子里跳得很高，给它蛆——马上就吃掉。彼佳开始挖新的土沟，出现蛆时，就把它放到十二厘米高的搪瓷杯里给鼩鼱吃。

曾经想要试验，它能连续吃多少蛆，这以后我们就拿这只鼩鼱做试验，它总共能吃多少：把所有的蛆都给它吃。人们说，太阳光能杀死鼩鼱,最后我们决定试验,是否真是这样。太阳光杀死地下的生物后,我们还打算称一称,量一量,研究一下它的内脏,然后放到蚂蚁窝里,这样来剔清骨骼。我们想做的事还少吗?还想捉到田鼠,让它们在一起。

但是我们所有的谋划没有实现:鼩鼱跳过了十二厘米高度落到地上,而土地对它来说犹如鱼儿得水,它立即就失去踪影了。

世上出现这种不寻常的小动物以及它的转瞬即逝,使我久久未能释怀,却使它待在树根深入的地下。

太阳下的鹅

太阳回来了。鹅把自己的长颈伸进桶里,用嘴喙弄点水喝,又泼点水在自己身上,梳理一下羽毛下的东西,摆动着像按在弹簧上似的灵活的尾巴。当一切都梳洗了,都弄清洁了,便把自己那银色的湿漉漉而闪光的嘴喙高高地抬向太阳,嘎嘎叫了起来。

鸭　子

鸭子在夜里溜达,而在朝霞升起前,严寒降临前就急忙回窝。如果需要离开,就用什么东西盖好蛋。当你找到没有盖好的蛋时,那就是说,它被吓坏了,来不及盖好它们。

求偶的黑琴鸡

求偶的公黑琴鸡总是挑战,好斗地彼此叫喊呼应。朝霞升起时母黑琴鸡便从四面八方赶来求偶。如果你吓着母黑琴鸡了,它就飞了起来,那么公黑琴鸡也会飞起来。但是我以为,这并非是因为它需要母黑琴鸡,而是,对它而言,母黑琴鸡拍扇翅膀是危险的信号。

林中居所

我们找到了一棵山杨,树上有一个啄木鸟的老窝。现在有一对椋鸟看上了它。我们还看见一个方形的老树洞,显然,是黑啄木鸟的,还有山杨树上一条又窄又长的缝,从里面跳出一只小山雀。

我们在云杉树上发现有两个窝,黑乎乎的两团枝条,从下面看不清里面有什么东西。两个窝安置在云杉树的中部,在所有的大树林中松鼠占据着中间这一层。我们也能在下面遇上松鼠,把它赶上树,但并不高,松鼠全身还披着冬天的毛。

鹫在树梢上方盘旋,显然,也是在窝的附近。守卫的乌鸦差不多在离自己窝的半公里范围内叫喊着做自己的环绕飞行。

母黑琴鸡以异常快的速度飞行,成功地摆脱了追踪它的鹰。鹰落了空,失望地降落到树枝上,它的头是白色的,看来是矛隼或隼。

寻找啄木鸟的树洞就像找蘑菇一样,你始终得紧张地看着自己前面视力所及的各方,而且越来越往下看,虽然啄木鸟的树洞是在上面,这是因为正是这个时候啄木鸟开始为自己啄窝,浅色的木屑落到还是黑乎乎的尚未盖上绿装的地上。根据这些木屑你会知道,啄木鸟为自己选择了什么树。看来,它不那么容易为自己选择到合适的树:你经常可以看到被啄木鸟废弃的树洞附近有啄出来的木屑抛在这棵树上或邻树上。好的是，绝大多数我们发现的树洞都一定在山杨树的蘑菇下面，之所以这样，是为了防止雨淋到窝，或者是蘑菇向啄木鸟揭示了于它有利的啄木松软的地方——这点我们暂时无法确定。

　　一棵腐烂而分解的小白桦树梢那里的树洞很有意思。它有四米左右高，一个树洞在最上面，另一个稍低些，在蘑菇下面。这个树干旁边横着树的上部，已腐朽，如海绵似的吸足了水，有树洞的树干本身也勉强撑着，只要稍微摇一下，它就会倒下。但是，也许啄木鸟不是为了做窝。

桦树皮管

　　我发现一个令人惊奇的桦树皮管。春天时桦树皮是潮的，有人割下一块树皮，于是周围剩下的树皮就开始卷成管子。后来随着天气变暖和，桦树皮就变干，卷得越来越紧，到第二年春天在白桦树上挂的已经是管子了，它们非常多，以至不足为奇。

　　但是今天在寻找树洞时我想看一下，在这样的管子里有没有东西。在第一个管子里我发现有一颗完好的核桃，它卡得非常牢，好不容易才用小棍把它捅出来。白桦树周围没有核桃树，核桃不可能"自己"跑进管子，想必这是松鼠把它藏起来的。大概，它知道，管子紧紧地封闭起来，核桃不会掉出来。但是，核桃很少：在管子里核桃掩蔽物下面结着一张蜘蛛网。管子里结满了蜘蛛网。后来我猜到，不是松鼠而是鸟大概从松鼠窝里偷了核桃，把它塞进了管子。

小偷的耻辱

在我们发动汽车时,别尤什卡①摆弄着两根骨头。一只喜鹊不顾危险跳到狗的鼻子跟前。当别尤什卡扑向喜鹊时,另一只喜鹊抓住骨头就飞走了。一共有七只喜鹊,在第一次成功后,它们就向第二根骨头进攻,但现在别尤什卡明白了它们的策略,就咬住骨头,仿佛丝毫也没有注意到喜鹊。

但是武装世界的这种状况只延续了一段时间。有一只喜鹊十分强横,它忘了喜鹊的组织,冒着风险走到了别尤什卡面前,它想把狗的注意力吸引到自己身上,在此瞬间就抢走骨头。

但是别尤什卡对这个意图心知肚明,不仅没有扑向喜鹊,相反,对它瞄了一眼后放下了骨头,瞬间把脸转向一旁。喜鹊就抓住这瞬间进攻:它叼起骨头,甚至来得及转向相反的方向,来得及用翅膀拍击地面,扬起尘土,只要再有一瞬间就可升向空中。突然别尤什卡抓住了它,骨头掉了下来。

喜鹊挣扎了一下,挣脱了,但是闪着虹霓的又长又窄的尾巴却留在别尤什卡的牙齿间,像一把长刀首似的从它嘴中戳出来。

谁见过没有尾巴的喜鹊吗?是否知道,这只鸟——各种禽鸟蛋的高明的偷盗者——变成了十分可笑和可怜无比的鸟?没有尾巴的喜鹊停在最近的一棵树上。所有其他的喜鹊都飞到它这里。从它们不停的聒噪和忙乱的情景可以看出,在喜鹊的生活中没有比失去尾巴更大的不幸、更大的耻辱。

---

① 猎犬的名字。——译注

应着哨声

除了松鸡应着哨声飞来的是那只星鸦，它孵四枚蛋，现在已孵出小雏，样子难看，长着大嘴巴。必须得为它们收集食物，它这就窜来窜去。飞来两只本地的小山雀。我们怎么也没法找到它们的树洞：必须设法跟踪它们。一只苍鹰从很高的空中降下来（真让人惊讶，它怎么能听到这微弱的声音），停在那里歇息。它打量着松鸡，突然发现了我，便拼命飞离了。

这是本地的居民。要知道，在不熟悉的大森林里几乎每种生物都生活在一定的范围内，只有很少的生物才迁移（不算季节性飞迁）。

鸢

鸢还在半棵树高的树枝上打盹。我骑自行车无声地驶近它，用自行车手通常采用的姿势停下来休息，一边与心爱的人儿聊天：她正在干什么事。不论成与不成，我却像"骠骑兵撑着军刀"一样撑着自行车架，从车上对她微笑。但是鸢感觉到我，整个儿身子转向我，认出是人，又转到原先的位置，展开它的大翅膀，飞走了。

三个洞穴

今天在獾穴旁边我想起了在卡巴尔达丁巴尔卡尔黄色陡坡上的三个洞穴。在那里弄清楚沙地上的足迹后，我读到了獾、狐狸和野猫共同生活的有趣的故事。

獾挖洞是为了自己，但是狐狸和野猫加入到它这个洞里一起生活。肮脏的狐狸发出的臭气很快就迫使獾和猫离开。于是獾在高一点的地方给自己又挖了一个洞，与猫一起住了进去。而臭狐狸就留在老的洞穴里。

狗　鱼

狗鱼停留在我们放置的网中，缠在里面一动不动，像根树枝似的。一只青蛙蹲在它上面，吸住它，我们好长时间都未能将它与狗鱼分开，甚至用棍子捣也不行。

这就是狗鱼，多么灵活，强悍，可怕的强盗，只要它停住了，青蛙马上就压到它上面。大概，正因为这个缘故，强盗们永远也不会停止干自己的恶行。

田　鼠

田鼠眼睛盯着地，拔出爪子，好挖起来方便些。它为自己挖了洞穴，开始按土地的律法和地下居民的一切规定生活。但是突然水淌过来，灌满了田鼠的家。为什么要它这样？凭什么法律和规定要它偷偷跑到和平的居民这里并要把它赶到地面上？

田鼠筑了围堤，但是在水压下围堤溃塌了。它又筑第二道，接着第三道。它没来得及筑第四道，水就涌了过来。它瞎眼又愚笨，要费好大劲挣脱出来去阳光下的世界。它在大水中漂游，当然没有想过，也不可能想到反抗，像叶甫盖尼对青铜骑士那样，对水喝一声："你等着瞧！"田鼠在惊恐中漂着，但是没有反抗。

这不是它，而是我，人，盗火者的儿子，代它阻遏水的险恶的力量。

这是我，人，动手建设阻遏水的堤坝。我们许多人汇集在这里，结果就有了我们的大堤坝，雄伟极了。

而我的田鼠更换了主人，不受水的左右，而受人的支配。

獾的足迹

因露水而显得白蒙蒙的草地上有一个大足迹。我以为它是人的足迹。我非常想一个人打猎，以致有另外一人的足迹就很让我惶惶不安，就像鲁宾逊似的，但是渐渐地我明白了，这不是人的足迹，而是獾夜里出行后一大早回到洞穴留下的足迹。

鸟　儿

年轻的鹫大得怪诞，萎靡不振。它从密林飞到林边旷地，笨拙地降落到最低的一根树杈上。

一些松鸡飞出来，分散停在云杉和白桦树上，小的有麻雀那么大，但已经飞得很好，而且非常警觉，像大鸟一样。松鸡母亲就在近处白桦树上，持重和低沉地让它们知道自己就在近旁。当它发出声音时，尾巴也摆动着。

喂　食

几乎每一只鸟出现时鼻子里总含着一条蠕虫，尽管这样，依然唧唧叫着。

在树林上空低飞时，有时候不知为什么，不是像平常那样发出哨声，而是哼哼声：它的这种声音大概与喂食孩子有关。

今天我观察到，小山雀降落到树枝上休息，没有放下蠕虫，有一瞬间擦着树枝挠了挠了双颊。

落　日

整个一天天气都在变化着：一会儿下着蒙蒙细雨，一会儿又放晴了。在树林里，天晴的时候，令人想起自己过去的病痛和病痛的减轻。现在我觉得，树林也患了这样的病痛。突然喜鹊完全不像往常那样叫了一声，而像是寒鸦叫。通过这叫声我第一次明白了如此相异的鸟儿之间的种属关系。啄木鸟仿佛不相信天气的变化，没有像啄木鸟那样敲击树干，而像刚会爬的小动物，仰着头，沿着树干跑去，往下掉着树屑。天气刚刚稳定下来，啄木鸟就开始啄起来。

看不到落日，但是后来它在云朵中照了很长时间，在黑乎乎的树干之间透亮着。

在沙地上

又热又干。在克留奇科沃有一棵白桦树，树下面沙子一直铺到峡谷。年复一年，树根露在外面，白桦树很快就会倒下来，但是，要让鸟儿高兴，用得着许多地方吗！在沙地上树根旁边有一只鹡鸰。还在古埃及时画家把人的灵魂就画成这种鸟的形象。现在公鹡鸰飞到母鹡鸰这里，张开翅膀，全身鼓了起来，翅膀尖擦着沙地，像公鸡般慢慢地走了个圆圈，开始与自己的母鹡鸰交尾。

乌鸦与老鼠

在路上我看见许多鸭子和飞翔的雁,还看见五只乌鸦企图抓获水老鼠,而水老鼠始终没有屈服,最后有一只乌鸦抓住了老鼠尾巴,本来就能顺利地攫取它,但其他乌鸦扑了过来,它张皇失措,掉下了老鼠,于是又开始了起先那样的搏斗。

听完这个故事,我们的猎人讲了乌鸦与白鼬也进行这样的搏斗的事。白鼬刚咬住乌鸦,乌鸦好不容易摆脱,就急忙飞上树,从那里一直提心吊胆地看着白鼬待着的地方。

丘鹬

在云杉树的蚂蚁窝上方有一只鸟奇怪地唧唧叫着。凭我听到的这声音,已忘却的声音,我怎么也猜不到这是什么鸟。在繁密的树丛中很难看清楚。我只得静静站着,等候时机。

但是蚊子咬人。我摘了一根山楸枝,刚刚挥动一下,旁边很茂密的山杨树丛里飞出一只鸟来,却卡在树冠里,好不容易才挣脱开。

不知为什么这个时候我立刻恍悟并想起了云杉树上母亲鸟发出的声音。这是丘鹬一家子。我听说过,也读到过,在危险的情况下丘鹬母亲会抓住雏鸟一起飞走。我自己没有看到过。

雪下

我能够听到雪下面老鼠啃小树根的声音。

啄木鸟

我看见一只啄木鸟飞过,身体短短的(它的尾巴很小),嘴喙上衔着一个大云杉果。它落到白桦树上,那里它有一个把球果去壳的工场。它嘴叼球果沿着树干爬到熟悉的地方。它看见,在可以夹住球果的树杈分叉处,有一个已经处理过而未被扔掉的球果。这样,它就没有地方可以放新的球果。它没有办法,没有东西可以用来剔去老球果,因为嘴喙叼着新球果。

于是完全像人在这种状况下采取的做法一样,啄木鸟把新球果夹在自己胸部和树之间,用空出来的嘴喙很快地啄出老球果,接着就把新球果放到工场里,干起活来。

它是这么聪明,总是生气勃勃,积极肯干。

最后的鲜花

又是寒冻的一夜。早晨在田野上我看见一片未受冻害的淡蓝色风铃草。在它们的一枝上停着一只丸花蜂。我摘下了风铃草,丸花蜂没有飞走。我抖了一下丸花蜂,它掉下去了。我将它放到暖和的阳光下。它苏醒了,复活了,飞走了。一只红色的蜻蜓在夜间也这样冻僵在紫参上。我看着它在暖和的阳光下复苏并飞走。还有大量的螽斯从脚下纷纷飞落。它们中间有扑哧向上飞的蝈蝈,浅蓝色的,鲜红色的。

大力士

蚂蚁的劳动使土地变松了。越橘从上面覆盖了它,而在浆果下面长出了蘑菇,渐渐地它用富有弹性的帽子顶着,把成拱状的越橘向上抬,而自己完全是白色的,显现在世上。

獾

冬天,在圣诞节左右,我去河滩地取干草,用草叉拨动草垛,却有獾在里面过冬。

还有:孩子们打算打獾。他们放狗到洞穴,獾跑了出来。孩子们看到,母獾跑得慢,可以赶上,就不开枪,奔去追它。他们追到了。怎么办?猎枪被扔在洞穴旁,手中没有棍棒,又害怕光着手捉。然而獾找到了去地下的新路,就不见了。狗拖出了窝和一只小獾:很大,像是一只很好的幼崽。

兔子夜宿

小米沙跟我一起循着兔子的足迹走着。昨天我的狗把兔子赶到了这里,从遥远的森林赶到了城市里来。很想知道,兔子是否回到了树林的老地方,或在这里的公园里,或在长满草的峡谷里,在人们的附近生活一段时间。

我们走遍了所有的地方……如果它回来了,那么就照第三个足迹走。我们找到了第三个足迹。我说:"根据这个足迹,它回到自己的老林中了,足迹是新鲜的。"米沙觉得,兔子刚刚走过。"它是在哪里宿夜的呢?"——米沙问。

有一瞬间这个问题把我问懵了,但是我恍悟过来就回答说:"我们是要过夜的,而兔子是夜里活动。夜里它经过这里,白天去树林里过一天,现在它就躺着休息。我们过夜时,兔子是过白天。比起夜里对我们而言，真正的白天对于它们来说要可怕得多。"

迟离的野鸭

在陡岸稠密的赤杨树丛中，小河窄得可以跨过去。由于林中温暖，又加上流水的作用，这里的河水没有冻结。一只迟迟离去的野鸭也在这里停留并度过冬天降临前的最后的时日。在稠密的赤杨树丛中看不到它。我们只听到起飞的声音，叫声，只是在它高飞于赤杨树上方时，才得以开枪。一粒霰弹击中了它的翅膀，翅膀断了，野鸭头朝下飞，像只瓶子。

被击中翅膀的野鸭通常在水中寻求自救。它钻进水里，藏到根中，只露出不易觉察的黑乎乎的鼻子。有时候猎人费尽力气，他亲眼看到野鸭就在这里掉下来，却怎么也找不到它。

被打伤的野鸭飞去的地方正好是个拐弯：小河从这里转弯，变宽，水面像池塘一般，在平静开阔的地方冻结了，只是在表面还保留着完全透明的水。

野鸭头朝下掉到这个表面，打算钻下去，突然被撞了一下，冰没有被撞裂开。受惊的野鸭便站起来，那两只红脚掌便走了起来。别尤什卡看见后便奔去追它，但是追不上，就回来了，又想了想，张开脚掌，撇开两腿，开始慢慢地走啊走，追到了……

喜　鹊

我们等着猎狗回来，望着远处经过田野的一块林边空地，刚才我们长时间地在那里追捕过狐狸。狐狸早已钻进洞穴，而特鲁巴奇①还没有回来。我们盯着林边空地，通过望远镜看到，在一棵树上停着一只喜鹊，耷拉着尾巴。于是我们明白，这是在往下看什么并等着什么过去。

我们想了一会儿，一切都明白了：那里下面躺着尸体，大概，有什么野兽在吃它，而喜鹊就等着这野兽离去。我们走到那里，原来真是这样：我们的特鲁巴奇在撕扯一只死去的羊。

开运河

大自然里所有的动物藉以生活的智慧是从前辈那里继承下来的：有的直接从娘肚子里带来的，一出世就能四腿站立，把嘴伸到乳头上；有的是在窝里得到的，以后不用学就会往下扑并飞起来——这是普遍都有的智慧。与人的先进智慧相比，这似乎是自然界的落后的智慧。人的智慧产生着各种计划，这下野兽们就开始忙乱了：全都急着跑来跑去寻找自己过去的洞穴、藏匿地、小窝……

蜘　蛛

雨下得让人难受，今天晚上也难以保证有好天气：太阳落到厚实的蓝色天幕中去了。我怀着希望长久地等待着，哪怕是在最后太阳能露脸，也就能在希望中入睡，期盼有露水的早晨，那时就可以拍摄湿润的蜘蛛网。不！蓝色的天幕展开了，太阳

---

① 猎犬的名字。——译注

刚刚下山,一只红色的鸟就出现在蓝色的空中,而在另一个地方红色的人骑在马上。

我与主人的儿子谢廖沙一起在屋顶有十字架的干草棚里过夜。砍伐迹地就在它附近。我在那里观察林中织匠——结网蜘蛛的生活。远处闪电闪耀着,透过干草棚的缝隙,透过我闭起来的眼睑,这闪电的光芒开始在我头脑中形成荒诞的故事。顺便说,我就做起梦来,仿佛人们想到了要用蜘蛛来做什么,为了在夜里使蜘蛛干活,就用探照灯照亮树林。日出以前一清早谢廖沙的母亲多姆娜·伊万诺夫娜到干草棚来叫醒他:

"谢廖沙,起来吧,是打小麦的时候了!"

"蜘蛛在干活吗?"我问。

我的女房东已经习惯了,而且对我的观察也开始感兴趣。过了一会儿她回答说:

"干得不好。"

"嗯,是要不好,"我说,"想必是因为刚刚下雨,而你家谷仓又没有顶。"

"一点办法也没有,"多姆娜·伊万诺夫娜回答说,"做小面包的陈面粉也没有了,来得及打多少就打多少吧,到时再看。"

谢廖沙起了床,去打小麦了。

我走出干草房,看见天空中光明与乌云在搏斗,留下了这样的印象:太阳会取得胜利。而露水已经很重了,早晨灰蒙蒙的,露水却很大,通常不大有这种情况。

我很高兴见到有露水的灰蒙蒙的早晨,便去拍摄蜘蛛干活的景象，希望太阳的光晕不会妨碍我。在天气不好的情况下曝光时间长一点拍出来的照片比有瞬间阳光的照片要好。当我来到昨天的地方，不仅没有找到新的蛛网，连老的也未看见。我以为，蛛网在一昼夜间就这么毁了，被小蚊子弄坏的，大概，蜘蛛是在黎明前织网的，但恰好今天夜里有闪电，可以预料会有雨。

所以它们没有干活。

不过，没有使它们完全不干活的情况。这里那里，特别是在地上可以见到蛛网，但是比起阳光灿烂的早晨出现的蛛网来，这是微不足道的。看了一下蜘蛛织就的不多的蛛网，我想，这么说吧，蜘蛛是不一样的：有的聪明些，有的笨些。

在光明与乌云争斗一小时后，太阳终于胜利了。

也许，蜘蛛也开始干活了。但是露水很重，不！多半还是在黎明前蜘蛛已经预感到是阴雨天了。

鸟儿也没有通常那么活泼。母黑琴鸡完全沉默着，这可不是欺骗。鹤在河滩地也悄无声息。也不像平常那样能常常遇到鹰。后来变得异常寂静、窒闷和沉凝。雷雨降临前夕通常都是这样。大气中的变化异常迅速地发展着，赶快跑回家，但只来得及找到一棵大的云杉树躲避瓢泼大雨。

我刚安顿好，雷电和倾盆大雨就接踵而至。但是在我找到的云杉树下，即使整天下大雨，也淋不到我一滴。我非常喜欢在下大雨时坐在云杉树下思考问题。小野兽、鸟儿这时也这样待着。是啊，思考问题……但是可以不用想的、最好的，甚至更为美好的事便是你得到了这样的幸福。你对自己说："别想，就这么坐着,空气很好,就听着吧。"于是你就坐着,完全什么也不想,只是听着,听着。大概,小动物也这样待着。

雨下个没完没了。我从云杉树下走出来,开始淋着雨走回家。村子里一片慌乱。大家肯定都被天气欺骗了,现在骂骂咧咧地从干活的地方回来。我看见了女房东,便说:"您看见了吧,多姆娜·伊万诺夫娜,全身湿漉漉的,蜘蛛竟然比我们更清楚,只有很少的蜘蛛出来干活,而我们大家都受骗了。""那还用说!"多姆娜·伊万诺夫娜回答说,像蚂蚁头一样的小眼睛盯着我。

晚上村里散发着干燥房发出的气息。橙黄色的晚霞滞留着,房屋,干燥房,柳丛的轮廓久久地留在晚霞中。临近末了,浓密的白雾低低地笼罩在草地上,接着满天繁星的夜就开始了。

昨天偷偷降临到草地的雾在日出前升上来了,太阳出来后,很快变成白虹并消散了,降下了最浓重的无光泽的露水。黑琴鸡开始求偶鸣叫。鹤在河滩地啼唳。蜘蛛真多,以至狗走起来像瞎了似的。在草地上所有的花都被蛛网联结了起来,而且一定挂着蜘蛛捕捉的网,它沾着露水,犹如花边。在黑乎乎的云杉树背景上,这些到处结满的蛛网显得特别美丽。我开始不仅拍摄蛛网,也拍摄它们固定的方式。蛛网上细小的露珠在阳光下常常闪耀出虹的七彩。主要的是,这一切惊人美丽的复杂构造像在童话中似的,仿佛是自己从露水和太阳中生出来的,而这一切真的既不是童话中说的,也不是用笔描绘出来的。

晚上干燥房冒着烟,不知为什么散发出特别浓的烟味,而这时新月移到黑黝黝的针叶林后面去了。早晨日出时露水洒满青草。每家屋子都飘出甜滋滋的面包香味。农庄庄员等到了新粮。

已经相当宽的新月在黑幽幽的针叶林上空稍作停留。夜清冷凉爽，满天星斗。太阳升起了，但没有完全显露出来。我试图拍摄它的光力求挣脱云雾向上升的景象。

大量的露水一下子就显示出蜘蛛在空中和地上的所有陷阱。今天我弄明白了，地上的陷阱也不像觉得的那样简单，它们通常是小小的天幕，其顶端联结在茎杆或花上。

在仔细端详第一个空中陷阱时，我好不容易才弄明白这个"电话局"。陷阱筑在干枯的柳树枝上，因为兔子啃掉了它的树皮，"电话局"隐藏在被蛛网卷起来的一片蜷缩的干叶片里，大概是为了不展开来，主人本人待在里面，甚至在我摇晃传达信号的蛛网时也不出来，想必是怕露水，因为它根本不让蜘蛛行走。

我在一棵被砍的干枯的白桦树上还看见也是这样的布局，于是便作出推测：蜘蛛喜欢在干枯的植物身上安身。在枯死的植物上比较合适，大概可以捕捉到较多的东西。

在云杉树林中蜘蛛的住地往往是在结了蛛网的枝梢下面，这样针叶就不会让雨滴下来，在桧树林里也是这样。沾满露水的蛛网非常重，以致桧树枝都弯成了拱形，而被蜘蛛拽住筑窝的花朵有时则弯到地。

有些蜘蛛出来是为了抓住捕获物，有些是织网，有些则修补损坏的网。我为自己挑了一只中等大小的蜘蛛。它的捕网是在一棵小云杉树和小松树之间。这棵云杉树的另一面，有另一只蜘蛛在干活，完全毗邻着。我有一种猜测：蜘蛛是在黎明前时刻，在下露水前织网的。我选中的蜘蛛由于某种原因来不及在下露水前结束织网，因此现在继续着。顺便说，露水还没有完全消失，所以我能观察它干活并摄影。

在清晨时刻蜘蛛织好了圆圈的全部半径，而且在它们的一端已经圈上几圈。我觉得，半径是用比圆圈细的材料织成的。但是这可能是圆圈上留有的露水造成的骗人的假象。沾着露水的蛛网的圆圈其中心是空的，虽然如果近一点仔细观察，比较密的半径根本不会断而汇集到一点。这也说明了半径射线比较细。我用放大镜以最近的距离来跟踪蜘蛛：为什么蜘蛛不怕我，而且对我大致就像我对太阳那样。太阳也看着我工作，但是并不妨碍我。我觉得，蜘蛛本身有两样工具——它用一只爪子拽来新的蛛网应该连接的那张蛛网，另一只爪子抓住吐出的蛛丝与它连接，触一下就连好了，又拽住一个固定的地方，又触一下！——真是变魔术般的优雅的一触。新建的捕网部分在阳光下闪出七彩的光芒。有时候微风轻拂，摇晃着蛛网，蜘蛛不完全准确地在所想的地方加固一端；有时候小小的昆虫飞过，触及蛛网，这样的情况还少吗，大概，我的气息也稍稍晃动了网线。

由于这一切，活儿不完全是机械进行的，而是手工式的，正像大自然里所有的一切：树上没有一张叶子是和别的叶子完全一样的。

我想用透镜所允许的最近距离——八厘米拍摄蜘蛛。但是这种情况下大概稍稍碰到了蛛网，蜘蛛瞬间丢下了活儿，迅速逃到了"电话局"。为什么它不把我的触碰当成昆虫落下网里引起的摇晃？大概它明白这一点。

另一只蜘蛛在那棵云杉的另一面干活较少，它不是新织网，而只是补网。这两只蜘蛛成为近邻是偶然的吗？它们在这里会合，从各方面来推测，是因为这是捕捉食物的最合适地方吗？或者，可能小的蜘蛛是只公蜘蛛？

我不由自主地沉浸于不是科学的观察，而可以说是别墅客的拟人观和万物有灵论，这种观点对我们理解有机整体的世界带来可怕的害处：有一个成为无线电广播站的这样的别墅客就足以制造出传说，犹如千百万接受者在数百年中重复着荒谬的杜撰。

随便什么神话附和着传说，于是，可能是最聪明的动物的驴子就永远是驴子。也许，只有经过数千年山羊才能摆脱鬼，驴子才能摆脱"驴子"，而在这数千年中每个单个的，比方说，单个的山羊一定会从鬼，驴子一定会从某只"驴子"的生活中变成被剥夺权利者。

那么蜘蛛呢？大家总把它与吸血鬼、大肚子的富农形象联系起来，仅仅因为一种样子：大肚子和长长的爪子而战栗。也许，我们亚细亚游牧的远祖就死于蝎子，于是恐惧就转到这些和平的劳动能手身上，为建造自己的陷阱而把整个材料球拖着的猎人身上。

为什么消灭我们宝贵的千万只蜜蜂的燕子却享有好感？是因为它们美丽吗？多么荒唐！如果仔细看在露水和阳光中干活的蜘蛛，它们要比燕子美丽和聪明上千倍，但问题是很难仔细看！

我不能对着太阳摄影，代之以手拿表注视着修补活，粗略计算着，蜘蛛织一张直径四分之一俄尺的网要多少时间。我得出的数据是，它需要一两个小时，它干得很快。

回过来观察第一只蜘蛛。我看见，在陷阱中间有什么大的东西以及大的麻烦：一只灰色绿头大苍蝇碰上网了。这是那种被它叮了皮肤就会肿起来的"坏苍蝇"。蜘蛛以难以置信的敏捷用网缠住它，等将它变成完全不能动弹的木乃伊，便抓住它，灵活迅速地将它带到云杉枝梢下的"电话局"去。

过了不超过十五分钟的时间，它吸尽了坏苍蝇的生命，回来修补网上与大苍蝇搏斗时弄破的洞。它干活匀整而有节奏。我又摄影又欣赏，同时则思考和破除千百年来对蜘蛛的不正确概念。我高兴地意识到，为此我真的可以豁免自己的许多罪孽。

顺便说，与我相邻在干活的还有也是非常有益的啄木鸟，树木的医生。我不时注意它啄木，感到惊奇：既然能给长喙这么强有力的推力，这就是说，它有非常健壮的脖子。黑啄木鸟是一种头部火红的黑色鸟，在什么地方一动不动，哀怨地唧唧叫着。在低沉地呻吟。松鸦的嗓音刺耳。无数鸥在河滩地上不时给着自己的信号。

明净的太阳升起了。一片露水。炎热的夏天，苍蝇、蚊子猖獗。我正好首先发现这一点，以便伊林节过后小飞虫不会减少。早晨十点，在山杨树上见到了一只松鸡，大概，它从晚上起啄食树叶，过了夜，早晨又啄食并耽搁了。

今天观察了就在干叶子上的蜘蛛的生活。这张干叶落在空中蜘蛛网上。传递信号的蛛网从这里通向陷阱，在露水的重压下它很沉重，树枝都弯成了拱形。

我还看见还活的但蜷曲的叶子中的蜘蛛窝。在叶子背面鼓起越橘大小的包——里面大概有卵。

干白桦还很美，整株树密实地布满了蛛网。我试着拍摄这景象，但太阳有光晕，又不能偏开，因为蛛网会变得照不到光。

还看见一只蜘蛛不顾露水开始织网，不到半小时就织好了。我亲眼见到它逮着一只长腿大蚊子和苍蝇。而落在网上的小蚊子多得它都全然不加理会。也许，它甚至不满，因为每只蚊子都会在网上弄出一个小洞。

我伤心地读到一本书，里面把蜘蛛描绘成凶恶的强盗，吸血鬼，黑暗的产物。怎么会这样？蜘蛛是积极的勤劳的生物，织网，捕食……这种情况下它与渔夫有什么不同？我问多姆娜·伊万诺夫娜这一点，她愤然说："您头脑中哪里冒出来的蠢念头。渔夫可是干事呀。""那蜘蛛也是呀，"我说，"它们也干事：没有它们，苍蝇会把我们叮得无法忍受。渔夫们难道别样生活吗？他们也完全是这样捕捉活的生灵，吃掉一点，余下的卖掉，用卖鱼的钱买绳索、线，编织新网，造新船，生出新的渔夫，培育他们。蜘蛛也是这样……"

多姆娜·伊万诺夫娜不听我说了。

今天太阳比过去更快地化消了露水。当我想检查蜘蛛的捕捉器时，无论在树枝上还是在地上什么都未能见到。刚才我还欣赏过这童话般王国的非凡、美丽，突然它却全都看不到了，就像寻找隐身帽一样，有时候我的脸和手碰到蛛网，只是为了确信看不见的蛛网王国的存在。唯一暴露蛛网的是蜘蛛，尤其是大蜘蛛。

饮 食

我伺伏打丘鹬的地方是驼鹿待了一整个冬天的地方,那里每株山杨都被驼鹿的牙齿剥了一圈皮,每一个白圈都由驼鹿牙齿宽的长度构成,从相邻的白桦树折断的树枝中,有的聚结着最明亮最纯洁的汁滴,我用舌头捕捉它们。

我想,干渴的人喝这些汁滴比起驼鹿吃牙齿宽的一条条山杨树较易解渴。当然,我们吃这么多也不对,回家后我给自己安排了烤食,露天睡在睡袋里。

鹭

夜里屋子里非常闷。我走到台阶上,坐到小凳上。星空中有云彩斑块,大熊星座没有尾巴,昴星团完全消失了。一切都在移动和变化。

一会儿突然露出大熊星座的尾巴,一会儿锅盖上了。远处闪光在嬉耍。

在情绪好的时刻,我总会感觉到具有自己特点的整个生活。这种感觉袭住我。突然,这时我听到了空中我所熟悉的,完全像人一样的喊声:"啊!"过了半分钟这喊声在远处重复了一次,声音弱得多。又经过这样的间隔再次勉强听到这喊声。后来我大概没有听到,只是凭猜测,我明白鹭飞行的方向——从那里老是能听到这很奇怪的"啊!"声。

很快就在混沌中形成了乌云,闪电闪过,下起了温暖的夏雨。于是房间里可以把所有的窗都打开,因为下雨时蚊子不会飞进来。在不知不觉的凉爽中打瞌睡和通过自身理解整个世界是很愉快的。

客　人

我们这里有客人。鹡鸰从柴垛（放了两年等发大水）旁边走过来。它们只是好奇，想看看我们。我们估计，这些柴火够我们取暖用五十年——可见有多少！在白白堆放的几年中，这些柴火经风吹雨打太阳晒而发黑了。许多柴垛彼此倾斜，有些像画中那样散落了。在腐朽的柴木中繁殖了许多昆虫，大量鹡鸰也居住在这里。怎么在近距离拍摄这些小鸟，我们很快就发明了一种方法：如果它在柴垛的另一面，就要召唤它到自己这边来。为此应该远远地露脸并立即躲开它，于是好奇的鹡鸰就会沿垛边跑起来并从角落上望你，你就在事先往那儿架好照相机的那块劈柴上看到它。这很像是敲棒棒的游戏，只不过本来是孩子们玩的，现在是我这个老人与小鸟玩耍。

飞来一只鹤，落停在土墩中间黄色沼泽中小河的另一边。它低着头，漫步着。

捕鱼的猛禽鹗飞来了，扇动着翅膀，停留在空中，一边俯视着觅食。

尾巴上有圆开口的鸢飞来了，在高空滑翔。

沼泽上的鹞飞来了。它非常喜欢吃鸟蛋，于是所有的鹡鸰都从柴垛里飞出来，像蚊群似的跟着它飞。不久守卫自己窝的乌鸦也加入了它们的队伍。硕大的猛禽样子非常狼狈，这么大的鸟也就惊恐地急急飞行，拼命逃离。

可以听到林鸽发出的"呜——呜"声。

布谷鸟在针叶林里不停地咕咕叫着。

鹭从干枯的老芦苇丛中拍翅而飞。

黑琴鸡就在旁边不断地低吟。

沼泽上的鸡喞喞叫，在一根细细的芦苇上摇晃着。

鹎鸭在老叶中吱吱叫。

在天气还比较暖和的时候，稠李的叶子犹如有小小绿翅膀的鸟儿一样，也像来客似的飞来并降落。紫色的白头翁来了。到树林里一层层绿芽显露时，瑞香也会接踵而至。

还有早柳，蜜蜂飞到它这儿来。雄蜂嗡嗡响。蝴蝶叠起了翅膀。

狐狸体毛蓬乱，忧虑重重，在芦苇丛中一闪而过。

龙纹蜷在小草丘蜷缩着，干瘪了。

仿佛这美妙的时段没有尽头。但是今天，当我在沼泽地从一个草丘跳到另一个草丘时，我在水里发现了什么，便俯下身去，看见了那里有数不清的孑孓。

再过些时候，它们将长出翅膀，从水里出来，站到水面上。对它们来说，水面是坚硬的，然后鼓起勇气飞了起来并嗡嗡叫着，那时晴天将因为这些吸血鬼而变得灰蒙蒙的，但是这支伟大的军队保护着沼泽树林的贞洁，不让别墅客利用这些贞洁地的美。

斜齿鳊上钩了。两个渔夫乘船来了。当我们收拾好行装准备离开时，在我们的地方他们马上生起了篝火，挂起了锅子，刮去鳊鱼鱼鳞，然后不吃面包就喝了鱼汤，吃了鱼。

在这块唯一干燥的地方，大概最初来的渔夫也生过篝火。

这时我们的汽车来了。当我们拆下曾经有我们厨房的帐篷时，在帐篷的地方飞来了黄鹂，它们啄食着什么。这是我们的最后一批客人。

一年四季

一年四季喜欢耍脾气。但是，实际上世上没有什么东西比它们更准确无误。

光的春天的开端

一月十八日早晨是零下二十度，而中午从屋顶上有水滴下来。从早到晚这一整天都仿佛欣欣向荣和像水晶般闪耀。落满了雪的云杉像雪花石膏般亭亭玉立，整天从玫红到浅蓝变换着颜色。在天空长久地悬挂着残缺的苍白的月亮。下面，沿着地平线分列着各种色彩。在光的春天的第一天一切都是美好的。我们是在打猎中度过这一天的，尽管尚有严寒，兔子睡得死死的，而且不像严寒时理应的那样躺在沼泽地，而是在田野上，灌木丛中，没有林边的小岛上。

红宝石般的眼睛

严寒中一片寂静。天色入暮，光秃的树林中的灌木丛黑黢黢的，仿佛这是树林自己在收集自己的思绪准备过夜。太阳那红宝石般的眼睛透过灌木丛的黑暗，透过灌木丛后这只红色的眼睛不比人的大。

春　寒

今天夜里严寒和北方的风暴侵袭了太阳并且搞得一塌糊涂：甚至浅蓝色的紫罗兰也蒙上了晶莹的雪，在手上断裂了，似乎在这样的耻辱中，今天早晨太阳也羞于升起了。要恢复一切不那么容易，但是春天的太阳是不能受辱的。早晨八点钟骑马的人已经在被阳光化开的道旁的水洼上奔驰了。

淡蓝的阴影

恢复了寂静。严寒而明亮。雪面冰凌上覆盖着昨天下的新雪，犹如洒了一层有着许多闪光点的扑粉，就是田野上它也没有化解，在阳光下比在阴处保持得更好。每一株艾蒿、牛蒡、草茎像照镜子似的望着这闪耀的新雪，看到自己是浅蓝色的，非常漂亮。我试着在狐狸踩踏出来的宽沟里拍摄这景象。

缓慢来临的春天

夜里没有寒冻，白天灰蒙蒙的，但是并不暖和。春天当然是在运动：在冰尚未完全融化的池塘里有蛙露出头来，低声咕噜着，这就像是远处公路上有数百辆大车朝我们滚来似的。耕地继续进行着。最后一些雪块在消失，但是没有那种地里发出的暖气，没有感到在水边的惬意。我们觉得，春天这样的进程很缓慢。虽然现在毕竟还是早春，感到不舒服是因为冬天没有下雪，只是不久前才下了点，现在过早裸露的土地不合时宜地显得寒冷。核桃树开着花，但是还没有盛开。小鸟挂住柔荑花序。

还没有烟雾,从雪中露出的树叶被压紧了,灰不溜秋的。

　　昨天丘鹬的鼻子戳进了一片树叶,想从它下面捉到蠕虫。这时我们走近了,它没有扔下戳在喙上的老山杨树叶,不得不在喙上穿上了十片老山杨树叶。

三月底的路

　　白天所有春天的鸟儿都飞到春天的道路上觅食。为免陷进齐耳深的雪地,野兽就在夜里出没于道路上。人还会乘雪橇长久地在褐黄色的为防化雪结冰而撒上粪肥的道路上行驶。这条道路对于许多奔向它的春天的小溪来说渐渐地成了堤坝。当路的一边的溪流汇成一个湖泊的时候,人带着自己的小男孩行驶着雪橇。水用巨大的力量挤压着堤坝。新的水流加入进来后,堤坝便经受不住,决裂了,喧嚣的水流切断了乘雪橇的人的道路。

大自然的晴雨表

　　一会儿下小雨,一会儿出太阳。我拍摄小溪,脚被浸湿了,想照冬天的习惯坐到蚂蚁窝上,这时却发现蚂蚁已爬了出来,密密集集一大群,一只挨一只待在那里,等待着什么或者在开始干活前的静养。而大寒降临几天前也非常暖和,我们觉得奇怪,为什么没有蚂蚁,为什么白桦树还没有流出汁液。后来夜里达到零下十八度。现在我们明白了:白桦和蚂蚁根据结冰的土地知道这一点。现在土地化冻了,白桦流汁了,蚂蚁也爬出来了。

春天的小溪

我伺伏打丘鹬时听到水声。在草地的水洼上流水是悄无声息的,只是有时候一股流水与另一股流水相遇时才会有拍溅声。我谛听着,等待着下一个拍溅声,同时又问自己,这是什么引起的?也许,那里上面有雪,溪流从它下面流出来。有时候雪崩塌,溪流生活中的这一事件在这里就表现为几股流水的相撞,可能……可能还少吗!只要深入弄清一条春天小溪的生活,只要理解自身度过的宇宙的生活,那么会发现,它是完全可以了解的。

伴随着鸽子的咕咕声我听到一只鸟儿轻拍翅膀的起飞声,急忙奔向狗,去检查这是否真是丘鹬飞来了。但是肯塔[①]不慌不忙地跑去了。我回来欣赏婉转的啼啭声,同时又听到那鸽子的咕咕声,一次又一次。当再听到这声音时,终于我悟到不用再动了。渐渐地声音不断传来,我明白,雪下面有小小的溪流在这样欢唱。我非常喜欢听这声音。我一边走去一边聆听其他溪流的声音,惊奇地凭它们的声音了解着各种本质。

迟来的溪流

树林里很暖和。丛草青青,在灰不溜秋的灌木丛中它们是多么鲜亮!多么漂亮的小径!多么寂静,令人遐思!五月一日布谷鸟开始啼鸣,现在则大胆放喉欢叫了。黑琴鸡就是在晚霞时分也在低吟。星星像小柳树似的在透明的云彩中变得膨胀起

---

① 猎犬的名字。——译注

来。白桦树在昏暗中白蒙蒙的。羊肚菌长出来了。山杨长出自己灰色的芽苞。春天的溪流迟到了,没来得及完全奔流,现在在绿草上流淌。被折断的白桦树枝把汁液滴到小溪流里。

水的春天

雪还深,但是颗粒非常松,甚至兔子都跌倒在地,它那肚皮把上面的雪都掀了起来。

飞行以后鸟儿重又飞到田野,到那些变黑的地方去觅食。

所有的白桦树在下雨时仿佛高兴得流下泪来,泪滴闪耀着飞下去,消失在雪里,因此雪渐渐地变成珠玑玉粒。

路上还有最后残存的易碎的冰块——人们把它们称为碎瓷片。就是那流水在那里奔流的冰床也被冲刷和变软了:夜间兔子在跑到另一边去时,在这黄色冰床的水上留下了足迹。

小溪和小径

针叶林旁一条干结的小径融化了。它旁边一条小溪流水淙淙。就这样小溪和小径在太阳的晒烤下沿着林边向远方奔流延伸。而在针叶树中间北坡的小溪后面静卧着西伯利亚原始森林贞洁无瑕的雪。

明亮的水滴

太阳和风。春天的光。山雀和交嘴雀唱着交配的歌。雪面冰凌因为滑雪板滑过,像玻璃似的碎裂溅飞。在黑乎乎的针叶林背景上,阳光下一株小白桦染上了玫红色。阳光照在铁皮屋顶上制造出某种类似于山间冰川的东西，从它下面，就像在真正的冰川那样，水像河一样流出，冰川也就退让给它。在冰川和屋顶边缘之间有一长条烤热的铁皮显出黑色，变得越来越宽。细细的水流从温暖的屋顶上碰到挂在背阴处冰凉的冰柱，水碰及冰柱就冻结起来，这样，在早晨，冰柱从上面变粗了。当太阳绕过屋顶，照到冰柱，冰冻消失了，冰川里的水顺着冰柱流起来，金色的水滴开始往下掉。屋顶上到处都这样，黄昏降临前城里到处都往下滴着有趣的金色水滴。

远在黄昏降临前背阴处就开始冰冻了，虽然屋顶上冰川仍然还在退让，水流还在顺着冰凌流淌。它的末端在阴处，终究有些水滴冻结起来，越往下结得越多，到傍晚时冰凌长长了，而在第二天又有太阳，冰川又退让。早晨冰凌变粗，晚上则变长。随着一天天过去它们变得越来越粗，越来越长。

暖雨连绵

我窗前菩提树上的大芽苞发绿，每个芽苞上都有明亮的水滴，就像芽苞那么大。水滴沿着细树枝从一个芽苞到一个芽苞往下滴，在另一个芽苞旁与另一个水滴汇合起来，落到地上。而在高一些的地方水顺着大树枝的树皮，犹如河流沿着河道，接连不断地流淌着，并且顺着小水滴和小树枝而分流和取代掉下去的水滴。

雨连绵不断下了一天半。公路变得像春天时那样泥泞。我拍摄了路，还在路附近拍摄了挂着大滴大滴雨水的小松树的许多十字形：我把它放到天上没有水滴的十字形上面，而把镶着大水滴的下面放在黑幽幽的树林背景上,使水滴在深色背景上闪亮。

明亮的水滴

夜里从树林里回来非常艰难,但是任何疲劳都战胜不了高兴的意识。今天我见证了鲜花怒放、鸟儿欢唱、欣欣向荣的春天的开始。

在光秃的树林里,早柳宛如枝形吊灯,如梦幻,如幻景。到处是羊肚菌,报春花,银莲花,瑞香,光鲜的芽苞,树枝上明亮的水滴。

黄昏前

中午吹拂着热风,因而很暖和。晚上伺伏打丘鹬肯定是春天的新阶段。早柳几乎同时开起花来。鸫放喉啼鸣。池塘水面因青蛙而起波纹。黄昏的空中充满了它们各种各样的鸣声。鼩鼱在入暮前追逐着,躲在山杨树叶自己怡然自得的小天地里,犹如鱼在水中一样,我们同样难以捕捉到。

把蜜蜂搬室外的时候

通常,草地上融化的白糊糊的残冰与白天阳光下消融的淡白的残月是相呼应的。

从南方回来的大猛禽迎面飞来,看清楚是我之后,突然急转回头飞去。

喜鹊听到我脚下冰的脆裂声,在树林深处惊忧地做出反应。

但是，就只是因为太阳晒，冰自己也会碎裂。在树林深处的喜鹊清楚这种和那种碎裂声，只是对我脚下的碎裂声做出反应。

林鸽开始咕咕叫。

大概，也是把蜜蜂搬到室外的时候了。

雪面冰凌

又是晴朗的白天，有阳光，但又寒冷。路上顺着车辙流淌着小溪。雪堆上，压着雪的树林里也有暖热的时辰。

我踩着没到齐肚子深的积雪，走向林中空地，那里流淌着我心爱的小溪。我找到从白桦树附近的雪下流出的裸露的水，拍摄它作为水的春天的开端。夜里寒冷加剧。雪面冰凌没有到处塌陷，但是即使你会陷下去，也是非常好的遭遇。现在早晨可以在雪面冰凌上走去树林深处。中午天气变暖时就留在树林里，不要走出来，在严寒铺天盖地之前等待夜的到来。

春天的拾掇

还有几天，个把星期——大自然将开始用鲜花、青草、绿苔、新萌的细细的蘖枝来盖住林中一切废物。大自然一年两次操劳地拾掇自己干枯发黄死去的骨架，看着也令人感动：一次在春天，它用鲜花盖住它，不让我们看见；另一次在秋天，它用的是雪。

核桃和赤杨还在开花，它们金色的柔荑花序就是现在也还会因小鸟的触碰而散发出粉尘。但是现在的问题不在它们身上：它们生活着，而它们的好光景已经过去了。现在是蓝色小星星状的花以其量多和美丽占据统治地位并使人惊讶，偶尔也会见到瑞香，也让人惊奇。

林中路上的冰融化了，留下了粪肥。云杉和松树球果中的许多种子仿佛闻到似的，落到这些粪肥上。

榛树的粉烟

晴雨表的水银柱下降了，取代有益的暖雨的是冷风。但是春天依然继续推进。今天一天之中小草地开始发绿了，先是在小溪边，后来在岸的南坡，路旁边，到傍晚时地上到处都青青的。田野上波浪起伏的耕作线很美——随着绿色被吞没，黑色越来越多。稠李树上的芽苞今天变成绿色的梭镖。榛树的柔荑花序开始分泌花粉，榛树中每一只飞来飞去的小鸟下面飞起了粉烟。

高兴的泪

夜里我们驱车去捷里勃罗沃。夜里一点出去打松鸡。在连绵不断的雨下，我们走来走去直到早晨八点也一无所获。没有一只鸟发出啁啁声。回来时我看到芽苞饱满的山杨树——就是上次严寒和黑暗中发出香味的那棵树。而雨一直下到早晨。

早晨天是灰蒙蒙的。树林被高兴的泪还是痛苦的泪冲洗——你不明白。但是即使隔着屋子的墙也能听到小鸟声。通过这一点我们明白，窗外白桦树枝上闪烁的不是痛苦而是高兴。

雷 雨

快到午餐时刮起了很大的风。在稠密的尚未披上树叶的山杨林里，树干互相碰撞，这听起来很让人心惊。傍晚开始下起相当大的雷雨。拉达怕得钻到我的床下，它完全惊慌失措了。虽然雷雨已经过去，它这种状况却持续了一整夜，直到早晨六点我把它拖到院子里，给它看早晨有多好多清新的天气，它才很快恢复过来。

稠李花谢

　　白色的花瓣洒落在牛蒡、荨麻、各种绿草上：稠李花谢了。但是接骨木盛开了，在它下面是草莓。铃兰花的有些花蕾也绽放了。山杨茂密的树叶一片嫩绿。出了芽的燕麦像穿着绿军装的士兵排列在黑色的田野上。在沼泽里薹长得很高，给黑森森的深渊投下绿色的阴影。

　　小甲虫在黑乎乎的水面上打转。淡蓝色的蜻蜓从一个薹的绿岛飞向另一个。

　　我在荨麻丛间的白色小路上走。荨麻发出的味很重，使我整个身子都开始发痒。有了家的鸫鸟一边惊慌地啼叫，一边把凶悍的乌鸦赶离自己的窝越来越远。一切都很有意思：无数造物生活中的每一件小事都讲述着地球上全部生命的交配运动。

有瘿节的圆木

　　开花植物的花粉大量撒落在林中小河，以致河中不再映出岸上高大的树木和云杉。春天从此岸到彼岸的通道是一根有瘿节的圆木，它架得很高，人从上面跌下去的话，会跌伤。

　　现在谁也不需要这个通道了，踩着石块就可以过河了。但

林中水滴 | 103

是松鼠仍在那里行走，嘴中还衔着什么长长的东西。它不时停下来，摆弄一会儿这个长东西，也许是吃一点——又继续行进。在通道一端我吓了它，希望它会掉下衔着的东西，我就将看清楚是什么，或者，它也许会窜到山杨树上。受惊吓的松鼠果然向上窜到山杨树上，它衔着那长物，没有停留，一个大跳从最顶端跳到了云杉树上，在那里藏身于枝叶稠密之处。

山杨树的绒毛

我拍摄散播绒毛的山杨树上的绒毛。蜜蜂像绒毛似的逆着风和太阳飞舞，你都弄不清楚，是绒毛还是蜜蜂，是植物种子为了发芽飘飞还是昆虫为了捕食飞舞。

万籁俱寂。一夜之间飞舞的山杨绒毛落到了路上，河湾上，仿佛覆盖了一层雪花。我想起山杨树林，那里的绒毛铺了厚厚一层。我们点燃它，火苗在树林里窜了一下，一切又变得黑沉沉的。

山杨树飘出绒毛——这是春天的大事情。这个时候夜莺啼啭，布谷鸟和黄鹂欢唱。但是马上要鸣叫的已经是夏天的鹧鸪。

每次，每个春天山杨树绒毛飘下的时候，都会使我痛心：这里耗掉的种子似乎比鱼产籽时还要多。这一点使我感到沮丧和忧虑。

在老山杨树飘出绒毛的时候，小山杨树把自己褐色的稚嫩的衣服换成绿色，犹如农村姑娘在过年过节时一会儿穿一件盛装，一会儿又穿一件靓装出现在娱乐场所一样。

人身上包含大自然所有的因素，只要他愿意，他可以与存在于他身外的一切相呼应。

哪怕就像这根被风吹断和丢弃的山杨枝——它的遭遇令我们感动：躺在地上，路上，车辙里，不止一天承受着大车的重量，它还活着，毛茸茸的，风撕下和刮走它的种子……

人们用拖拉机在耕种，不能用的地方就用马。播种用普通的播种机，不能用的地方就像古时候那样从筐里播撒。仔细看他们做这一切真有意思……

雨后热烘烘的太阳在树林里造成了一个温室，散发着生长和腐烂的醉人香气：白桦树芽和小草生长的香气和去年树叶腐烂发出的另一种香气。陈干草、麦秸、黄色的土墩——全都长出了绿草。白桦树的柔荑花序也变绿了。从山杨树上飘下了毛毛虫般的种子，到处都挂着。完全是不久前还高高地矗立着去年的又高又密的硬毛草摇曳着，大概无数次吓跑了兔子和小鸟。山杨的毛毛虫掉到它上面，永远压断了它。新的绿草使它看不见，但是这还不是马上，老的黄的茎干还将长时间地穿着衣裳，直至长出新春的绿色躯干。

风播飞山杨种子已经第三天了，而土地不倦地要求得到越来越多的种子。起了微风，更多地飘下山杨种子，整块土地铺满了山杨的"毛虫"。千百万种子静卧着，只有为数不多的种子成长。山杨树林依然长得非常稠密，以致兔子在路上遇上它就绕开跑了。

在小山杨间很快就展开了争斗：根要争土地，树枝要争阳光。于是就开始疏伐山杨树林。等小树长到一人高时，兔子马上就开始啃树皮。当喜光的山杨林向上窜时，在它的树冠下，

林中水滴 | 105

耐阴的云杉就畏怯地靠向山杨,渐渐地它们赶过了山杨,以自己的阴影扼杀了永远摇曳着叶子的喜光的树木。

当整个山杨树林将毁灭时,云杉林里它的位置上西伯利亚刮来的风呼号起来。在林中空地边上一棵山杨树没有受到损伤。它将会有许多孔洞、结节,啄木鸟将开始啄它,椋鸟将栖居在啄木鸟的洞中,野鸽、山雀、松鼠、貂将常来光顾。当这棵大树倒下的时候,冬天那里的兔子就会来啃树皮,狐狸则来捕捉兔子:这里将是野兽的俱乐部。应该像这棵山杨那样来描绘被某种东西联系起来的整个林中世界。

我甚至倦于看这种播种,因为我是人,生活在痛苦和欢乐的经常的交替中。现在我厌倦了,我不需要这些山杨树,这个春天。我觉得,甚至我自身都融化在痛苦中,甚至痛苦本身也在消失——什么都没有。我就这样坐在老树墩上,低着头,撑在双手上,眼睛盯着地,丝毫也没有理会山杨的毛虫撒落到我身上,既没有什么不好,也没有什么好……我存在着,犹如延续落满了山杨种子的老树墩。

但是我休息了一会儿,从令人心旷神怡的不同寻常的安宁中恢复过来。我环顾四周,又注意到一切并为之欢欣。

飞来的欢乐

我发现田野上有许多啼鸣的鸫鸟。它们从四面八方飞到白桦树上并欢唱着:啼鸣的喧噪响彻树林,大概,这是因为飞来了。

不满的青蛙

甚至水都波动起来了——瞧青蛙有多兴高采烈。后来它们从水里跳出来,在地上向四面八方爬去。这是晚上,无论迈向哪里,到处都有青蛙。

在这温暖的夜晚所有的青蛙都轻轻地发出咕噜声,甚至那些不满于自己命运的青蛙也在咕噜。在这样的夜晚,即使不满的青蛙也感到很好,它摆脱了自我,也跟大家一样咕噜起来。

第一只虾

雷声隆隆,下着雨。太阳透过雨水照耀着,从一端到另一端拉出一条宽阔的长虹。这时稠李花绽放了。水面上方野醋栗丛青翠碧绿。于是第一只虾从某个虾洞里伸出了头,摆动着自己的一根触须。

清亮的早晨

清亮欢乐的早晨。第一滴真正的露珠。鱼儿欢跃。山上两只蓬起羽毛的公鸡在求偶鸣叫。一只公鸡绕着所有的鸡打转,犹如鹿群中公鹿围着母鹿转一样。在路上遇到另一只公鸡后,它赶开它,又绕着走,又斗起来。在灰蒙蒙的树林里早柳勃发——树上的鲜花像毛茸茸的黄色鸡雏,而且发出蜜似的香味。

裁　判

落日时听到啄木鸟在啼啭。落日前在河滩地三只啄木鸟曾竞相争鸣——看谁啼出最强音。鹤担当起裁判并开始叫喊,别的鹤也有自己的意见,也开始叫喊。每一只鹤都竭力叫得更响亮。这些裁判叫得完全忘了在晚霞面前沉寂了的啄木鸟。裁判们一心只顾着彼此大声喊叫压过别的鹤。但是来了一个人,唱起歌来。他开始明白,出于什么原因鸟儿声嘶力竭啼叫。

兔 毛

遇见了一片雪花,犹如稀世珍宝。换毛时节在春天的捕杀中被撕下的白色兔毛铺在黑色的土地上。今年冬天兔子这么多,到处都可以见到一团团白色兔毛铺在山杨灰溜溜的落叶层上。

在山杨树干中间,在长长的黄色草秸和那杜草穗状花序之间,在灰灰的山杨落叶层上开始发绿的草弯成了直角。一只正在脱毛的兔子沿着这初绿的路走了出来。它还是白色的,但是呈片状的。

春天的运动

在针叶树之后山杨开始播撒种子。整个田野都布满了它们的"毛虫"。我注意到,绿色的小苗怎么从去年的草秸和干草中钻出来。我观察到,怎么织啊织出绿色的地毯来,昆虫怎么越来越响地鸣叫。

尚未披绿装的春天

我们的库勃里亚河从佩列斯拉夫尔附近的利亚霍夫沼泽流出来,注入安德里安诺沃和格里戈罗沃村之间的涅尔利河。而涅尔利河注入卡利亚齐附近的伏尔加河。库勃里亚河是我们心爱的河。在尚未披上绿装的春天，我们开着自己的"马扎伊"车非常艰难地向河岸行进。

这里库勃里亚河从桥下奔向公路，很快便想起了：在桥下面忘了什么——这就像我有时候豁然醒悟忘了皮夹似的——便循着几乎在原先流迹旁边的另一个流迹回去，没有流到桥，找到了忘记的东西，又开始向前奔流。

就这样，在这片草地上它流经三次，两个流迹向前，一个流迹向后。由于这些转折，在树林旁边的小小的草地上出现了六条岸，岸上长着稠密的赤杨。在这种混乱中在这里形成了一个半岛。通道非常狭窄，只有"马扎伊"才能开过去。据说，有一天一个醉汉就未能弄清楚弯弯曲曲的河流，硬闯着去，结果淹死了。

我们清楚地了解这个地方，非常顺利地驶了过去，离水很近，在水中倒映出在无叶开花的树木中间和云彩中的"马扎伊"：赤杨金色的柔荑花序在车身上方摇曳，山杨灰色的"毛虫"爬向车窗，还有早柳开着鲜黄色花，宛如刚从蛋中孵出来的小鸡。

白桦开花

当老白桦树开花，金色的花序在上面掩盖了已经绽开的小树叶时，在下面小白桦树上到处可以见到鲜绿的叶片，像雨滴那么大，但是整个树林仍然还是灰色或巧克力色——就在那个时候会遇见稠李树并使你惊讶：在灰色中它的树叶好像非常大、非常鲜艳。稠李的花蕾已含苞欲放。布谷鸟用最清脆的嗓音歌唱着。夜莺学着，调着音。

这时是迷人的，因为还没有长高带刺，而是像最美丽的大星星躺在地上。有毒的黄花从黑幽幽的林中水下面冒出来马上就在水上方绽放开来……

春天的转折

白天高空中一处地方出现"猫尾巴"，在另一处地方则飘着一支无数积云组成的大舰队。我们未能知道，是什么正在降临？气旋还是反气旋正在移动？

现在晚上一切都表现出来了：正是今天晚上发生了期待已久的转折，草丛上残存的黄色芦苇提醒我们，夏天和秋天这个树林是阳光都无法穿透的，也是无法通行的荒蛮丛林。但是这个莽林对我们来说是可爱的，因为树林里很温暖，处处可以感觉到春天。突然水光闪了一下。我们非常高兴地认出这水是涅尔利河。我们径直来到河岸上，仿佛一下子身处气候温暖的另一个国度：生活蓬蓬勃勃，沼泽上所有的鸟儿都在欢唱，田鹬、中沙锥在求偶鸣叫，仿佛有驼峰的马在正在变昏暗的空中奔驰，黑琴鸡在发情，就在我们旁边的鹤给出了自己如喇叭般洪亮的信号。总之，这里有我们喜爱的一切，甚至鸭子也对着我们浮在纯净的水面上。人也没有发出任何细微的声音：无论是哨声还是引擎的轰鸣声。

就是这个时刻发生了转折，所有的东西开始生长和出芽长叶。

沐浴着阳光的林边

一日之始和一年之始是一样的：林边是生命的栖息地。

太阳升起，无论阳光落到哪里——到处一切就苏醒了，而下面，幽暗的峡谷深处，大概要睡到七点钟。

在林边的边缘有一株约一俄寸高的亚麻，在亚麻中有木贼。这是什么东方的怪事——高塔似的木贼，披着露水，沐浴在日出的阳光中！

当木贼变干了，蜻蜓变得小心谨慎起来，特别害怕阴影……

时　间

小椋鸟在窗口露出头时，人们播种大麦。

红蜻蜓

两只交配的红蜻蜓在浅蓝的铃兰花上失去了知觉。我将它们放到沙地上热烘烘的阳光下。阳光使它们复苏，阳光使它们回归生命。在复活的最初瞬间，每一只蜻蜓只是想到自己：只要能获得自由。它们分开了，各自飞走了。

红球果

凉凉的露水和清风减少了夏日的炎热，只是因为这样才还可以在树林里行走，不然，现在白天马蝇多得不得了，而早晚则是蚊子。

现在正是被马蝇叮得发狂的马就这么拉着马车奔向田野的时候。

在空气清新、阳光明媚的早晨，我走田野去树林。干活的人们正在安宁地休息，呼出的气缭绕着他们。林中小草地沾满清凉的露水。昆虫在睡觉。许多花还没有绽开花冠。只有山杨的树叶在颤动，光滑的叶面正面已经干了，而背面还留着成细小珠子状的天鹅绒般的露珠。

"你们好，云杉老相识，过得怎么样，有什么新闻？"

它们回答，诸事顺利。在这段时间里小红球果已经长到一半大了。这是实话，可以检验这一点：空的老球果与小球果并排挂在树上。从路上遇见铃兰花，它还保留着自己的形态，但微微发黄，已不再有香味。

丸花蜂和花柄

紫参的花柄多么柔弱，当它受到自己那肥大的花朵重压时，要支撑住是多么艰难呀！

当一只很重的丸花蜂降落到这紫参上时，虽然它也粗大而结实，可是花柄变形了，倾斜了。受到惊吓的丸花蜂生气地嗡嗡叫起来。它又开始安顿自己：花柄一直弯着，它就一直嗡嗡叫着，直到花柄弯到极限，屈服了，丸花蜂就吸着，不再作声了。

繁忙时期

现在树林里很少有啄木鸟发出的颤声了。现在它顾不上唱颤音。它整天必须得用自己的头像大锤似的、用自己的鼻子像凿子似的啄出窝来。

我的蘑菇

在有蘑菇的树林里，一块林中草地经过灌木丛向另一块林中草地递过手去。当你走过这灌木丛时，在林中草地上迎接你的是你的蘑菇。在这里不用寻找：你的蘑菇总是在望着你。

三色堇

有一种蝴蝶完全是黑的，镶着细细的白边，降落下来就像谷蛾那样呈三角状。而在这些小蝴蝶中有一种淡蓝色的，是大家都非常熟悉的。这种蝴蝶降落到草茎上就像是一朵花，你从旁走过时，怎么也不会认为它是蝴蝶，而是花，是三色堇"花"。

柳 兰

夏天来临了。在林中的阴凉中，像瓷一般白的"夜美人"开始发出香气。在树墩旁，在太阳的炙烤下，我们树林的美人——柳兰展现出它那出色的身材。

河上的舞会

黄百合花从日出起就绽放了。白百合花在十点左右绽放。当所有的白百合花都开放时，河上便开始了舞会。

割 草

在捷里勃罗夫，党小组长是村里的第一只"螽斯"。他第一个把铁砧打进树墩，然后像锤子似的开始在这块铁砧上把镰刀刀刃打直，就这样开始响起这种声音并且在整个割草期间都与螽斯的鸣叫融合在一起……

现在树林里林边草地上的草差不多快割完了，现在树林里到处都是人，现在树林里已经无法自言自语，而有时候多么想这样呀！要知道，每个人所要保守的有关自己的一切，对作家来说则是创作的主要材料，是他创作的灵魂。他的"有关自己"应该成为大家的财产。作家越大，他书中这种"有关自己"——整个作品的有价值的东西——也越多。在树林中特别好，就好在可以练习这种隐秘的对话，想练多少就可以练多少。你常常会这样与花儿、蝴蝶、甲虫交谈，与丸花蜂推心置腹谈话。如果这时什么地方马在打鼾，你心里一颤，会想到：那里是否有人与马在一起，他刚才是否偷听到与丸花蜂的隐秘的谈话。

现在树林里到处都有人在割草。现在不必与花儿、甲虫、蜜蜂进行隐秘的谈话。

林中风

清风，凉爽，晴朗。林中"树木簌簌响"，透过这簌簌响声可以听到鹩鹩夏日鲜亮的歌声。

树木只是在上部发出簌簌声，在中层，在小山杨树林中只有娇嫩的圆圆的树叶颤动着，勉强可听到它们彼此相碰的声音。下面草丛中则是一片寂静，可以听到丸花蜂在它们中间忙活。

想起了一些怪人：在夏天他们急忙去寻找别墅。当别墅客从莫斯科来到时，所有的鸟儿都节食孵蛋，等着孵出自己的雏鸟。

干　旱

严重的干旱继续着。小河完全干涸了。曾经被水冲倒的树做的桥还留着。打野鸭的猎人走的小径也还留在岸上。在沙地上有鸟和小兽的新足迹。它们凭老记性到这里来喝水的。果然，它们在某些地方的水底壑找水喝。

黑麦正在灌浆

黑麦正在灌浆。天气炎热，每到傍晚太阳把光线斜投到黑麦上，于是每一块黑麦地就像是羽毛褥子：这是因为一块块耕地之间的水流淌得很是顺畅，这样，在有水流过的"羽毛褥子"上黑麦就长得比较好，在夕阳的光照下现在每一块"羽毛褥子"都非常松软，非常诱人，连自己都想躺到每一块褥子上，睡上一睡。

果　酱

九点多我回到今天清晨我来到的那片正在沉睡的冷冷的草地上。在火热的阳光下，花丛中一切都在发出嗡嗡响，在熬热，在发出香味，犹如大家在一起用共同的力量煮果酱。

斑　鸠

斑鸠咕咕叫着。它那平和的声音向生活在林中的所有生物证明：生命继续着。

年 末

对于大家来说,现在只是夏天的开始。而在我们这里却是一年的末尾:要知道白天已经减短了,既然黑麦开了花,就是说,什么时候收割它已是指日可待了。

早晨的斜阳照在林边,白桦树那令人目眩的白色比大理石圆柱还白。这里,在白桦树下,鼠李还开着不同寻常的花。我担心花楸果结得不好,而悬钩子很壮实,醋栗也很强壮,还结着大大的绿色浆果。

现在林子里越来越少听到"咕咕"声了。丰盈的夏日的静默伴随着父母与孩子的彼此呼叫声越来越沉寂,极难得遇到啄木鸟那鼓声般的颤音。当你在附近听到这声音时,甚至会不由一颤并想:"是否有什么动物?"再也没有普遍的绿色的喧哗,就只听到鸫的啼鸣——它唱得非常动听,但只有它单鸟独鸣……也许,这歌声现在听起来是最好的了——前面是最好的时光。要知道,这是夏天的开端,过两天就是悼亡节。但是不论怎样,再也没有过去的那一切了,一年的末尾开始了。

小山杨树感到冷了。

秋天阳光明媚的日子,云杉林边聚生着色彩缤纷的小山杨树,因此就到林边来取暖,犹如我们农村里的人走出屋子,坐在墙根土台上晒太阳。

秋 天

在村子里飘着谷物干燥的气味。

朝霞时刻呆头鹅快活地敲击着。

蘑菇冒了又冒。

关于睿智

睿智的话如秋叶，不费吹灰之力就会掉下来。

秋　露

正是秋天。苍蝇撞着天花板。麻雀成群。白嘴鸦在收割过的田野上。喜鹊一家家地在路上觅食。露水凉丝丝、灰蒙蒙的，有的露珠在树叶的怀抱里整天都闪着光……

落　叶

兔子从稠密的云杉林中走到白桦树下，看到有一块大的林中空地便停了下来。它不敢径直向那里走去，而是从一棵白桦树到另一棵白桦树绕着整块林中空地兜了个圈。现在它停下来，谛听着……谁要是在树林中害怕什么东西，在树叶飘落和簌簌作响时，最好别去树林。兔子听到：它老是觉得，仿佛有人在后面絮絮叨语和悄悄而行。当然，胆小的兔子可以鼓起勇气并头也不回地走它的路，但是，这时常常是另一种情况：你并没有怕，也没有受落叶的欺骗。恰好这时有人利用了这一点，在窸窣响的掩护下，从后面咬住了你。

秋　天

我去了那里——黑麦开始变黄的地方。现在回来——人们吃这黑麦，而新的黑麦又绿油油的了。那时树林中的树木汇成一大片绿色。现在每一棵树当然都是这样。秋天总是这样的，它不是一下子就使大片树木卸下绿装，而是给每一棵树的绿色逗留一点时间，让它单独显示一下其美丽的风韵。

露 水

从田野、草地、水面升起了雾，融化在蔚蓝的天空中。但是雾在树林中却滞留很久。太阳升得更高了，阳光穿过林中雾射进密林深处。在密林中可以直视阳光，甚至可以数它们并照相。

林中绿色的小路一直像是在冒气。雾到处升腾着。水气凝成珠子落在树叶上，云杉的针叶上，蜘蛛网上，电报线上。随着太阳升高，空气变暖，电报线上的水珠一滴与另一滴开始汇合而变少了，大概树上也是这种情况：水珠也在汇合。

最后，当太阳在电报线上开始真正晒暖时，闪着虹霓的大水滴开始掉到地上。在针叶林和落叶林中也是这样——不是下雨而仿佛是流下了高兴的泪水。当从上方掉下来的水滴导致敏感的树叶颤动时，山杨特别激动高兴。在无风时整株山杨越来越低、越来越强地闪耀着，因掉下来的水滴而颤动着。

这时一些高度警觉的蜘蛛网渐渐变干了，蜘蛛开始绷紧自己的信号线。啄木鸟敲击起云杉树。鸫开始在花楸树上啄食。

有风的日子

这清新的秋风会跟猎人温柔地交谈，犹如猎人因为令人兴奋的诸多期待彼此间闲聊一样，可以说话，也可以沉默：猎人的交谈和沉默是轻松的。常有这种情况：猎人起劲地说什么，突然空中闪过什么东西，猎人朝那里看一下，然后就问："我刚才说什么了？"想不起来，那也没关系：可以开始讲别的事情。秋天猎人遇到的风常常在低语什么，没有说完一件事，便转到另一件事：传来小黑琴鸡的嘀咕声，又停止了。鹤叫了起来……

秋天的开始

今天黎明时一棵繁茂的白桦树从林中伸向林边空地，宛如穿了一条钟式裙。另一棵消瘦畏怯，把树叶一张接一张落到深绿色的云杉上。紧接着，当黎明越来越亮时，各种树木以各不相同的姿态展示在我面前。秋天开始时总是这样的。在万物共有的郁郁葱葱的夏天之后开始了巨大的变化，所有的树木以各自的方式开始经受落叶。

人也是这样：高兴时大家彼此相仿，只是在痛苦时，在斗争中，大家便开始显示出个性来。如果像人一样来看待，那么秋天的树林向我们显示的是个性的诞生。

怎么能另眼相看呢？这一闪而过的比喻使我非常高兴。我集中身心，怀着亲切的注意环顾四周。瞧那土墩被黑琴鸡的爪子扒过了。以前，在这样的土墩的小坑中一定能找到黑琴鸡或松鸡的羽毛。如果羽毛有花斑，那么你就知道，是雌鸡刨过，如果是黑羽毛，则是雄鸡。现在被扒过的土墩的小坑里不是鸟的羽毛，而是黄色的落叶，不然就是老掉牙的红菇，像盆子那么大，整个儿红彤彤的，老得边上向上卷。水流到这个盆里，盆里漂着白桦的黄叶。

出 土

当云朵向不同方向飘去时，两重天以下了两天雨而告终，雨刚被冰云所终止。但是太阳不理会天空的这种阴谋，一早就照耀起来。我急忙带了相机出去打猎。播种的黑麦像尖兵从土底下钻出来，每一个士兵直到地面都披着红装，而刺刀是绿的，每把刺刀上挂着越橘大的水滴，在阳光下或像太阳一般闪耀，或像钻石般闪着虹霓。当我把相机凑近眼睛，我面前出现了这样的图景：有一支穿着红衬衣、拿着绿武器的军队，每个士兵都有一个太阳闪耀着——我欣喜无比，毫不理会泥泞，伏在地上，试着以各种样子拍摄出土的黑麦。

不行，原来我的设备不能摄像：因为照片洗出来的结果是，红衬衫是黑的，与泥地混在一起，而在大光阑下越橘般大的露珠只有前面的显示得出来。如果加强光阑，焦点不变，那么拍出来的图像太小。相机不是所有的东西都能拍。但是没有摄像机的话，我就不会伏在泥泞中，也不会发现出土的黑麦苗像拿着绿色武器、穿着红衬衫的小兵。

秋天的黎明

有一种秋天的蒲公英，它们比夏天的蒲公英小，但强壮，在一根茎上不是长一朵花，而常常是十朵花。我拍摄了它们。蜻蜓一直挂着，睡着了。我还拍了许多白色的太阳，它钻进云层，一会儿露脸，一会儿消失。

永远也不应该放过的拍摄林中清晰的光线机会,要是能在相片上显示出美妙的露珠,那就非常好。在桦树皮的背景上我拍摄了有两三个杈的石松,就是在树上常有小节的那种。

就这样,整个这遍地露珠的早晨我内心都涌动着兴奋,人的悲伤没有搅扰我。这么早,所有不幸的人还在睡觉,真的,凭什么我要感到不安呢?等他们醒来,发起愁来,露珠干时,我心中还来得及接纳他们的悲伤。全世界不幸的人们,请别责怪我!

降落伞

当草丛中没有螽斯而在自己耳中响起螽斯的鸣唱时,在这样的静谧中被高高的云杉排挤的白桦树上黄叶缓缓地飘落下来。山杨树一动不动。在这样的寂静中它飘落下来。似乎叶片的运动吸引了大家的注意,所有的云杉、白桦、松树连同它们的树叶、树枝、针叶,甚至灌木、灌木下的草都感到奇怪并问道:"在这样的沉寂中这叶片怎么能移动位置和运动?"于是,我听从众人的请求,要弄清楚,是否是叶片自行飘下去。我走近它便知道了,不,不是叶片自己要向下飘,是蜘蛛想要下来,加重了它的负荷,把它变成降落伞。一只不大的蜘蛛就乘着这叶片降落下来。

花楸果红了

早晨露水并不多。在砍伐地上根本没有蜘蛛。非常安静。可以听到黑啄木鸟、松鸦、鸫的啼鸣。花楸果很红了。白桦树叶开始变黄了。在割过草的草丛上方偶尔飞过白色的稍大些的谷蛾、蝴蝶。

水 湾

在我们卡焦纳亚水湾对面，高高的陡岸边上有一棵不大的山杨。去年一场森林火灾，在烧焦的树木中就留下了它。夏天时人们在这棵山杨旁边堆起一个木垛。现在秋天了，时间使它变黄了，而山杨是鲜红的，如火烧一般。在远处看到这木垛和山杨，便认得我们的水湾了。这里的鲶鱼多得就像大城市里的居民。这里每到早晨，赤梢鱼这个可怕的强盗就扑向鱼群，在水中拍打着尾巴，弄得小鱼肚皮向上，强盗就把它们吃了。

水中有许多小鱼。桨的划动常常使一小群鱼跃出水面，仿佛有人将它们抛上来似的。鱼已经不大上钩，而鲶鱼在夜间就捕食青蛙。只不过今年因为干旱，青蛙非常少，蜘蛛也少。这些红色的秋日使树林中根本没有蜘蛛。

尽管已是严寒，在库布里还能遇见开着花的百合。而在水上方整块整块林边空地上，开着像草莓的小白花，犹如铺着一块块白桌布。白色的百合花静卧在绿盆中，它们那优雅的茎在洁净的水中很深也能看到。如果要采它们，测量一下，大概，我们两个人也够不着它们。

初 冻

在皓洁的大月亮下夜过去了。到了清晨时降下了初冻。一切都成银白色。但是水洼没有冻结。当太阳出来并晒热大地时，树木和青草都蒙上了浓重的露水了。云杉树枝从幽暗的树林中露出它们那闪亮的花边。我们整个大地上的钻石都不够用来做这种装饰。

尤其漂亮的是从上到下都闪闪发亮的女王——松树。兴奋之情犹如一只小狗在我胸中跳跃。

晚 秋

秋天漫长，就像一条有着许多急转弯的狭窄道路，一会儿寒冻，一会儿下雨，突然又像冬天那样下雪，刮起呼号的白色暴风雪，然后又是太阳，又是温暖和绿意盎然。远处，在一端，满树绿叶的白桦树耸立着：虽然冻僵了，却仍然保持着原来的模样，风再也不能从它身上刮下最后的树叶——能刮下的已经刮下了。

晚秋最后是在花楸果因寒冻起皱的时候，如人们说的，变甜了。这个时候晚秋与早春的光景非常接近。你根据自身的情况就能区分春日和秋日。秋天时你想："马上就能熬过这个冬天，将为又一个春天来临而高兴。"

于是你就想，生活中一切一定也是这样的：应该磨练自己，劳己筋骨，此后才可乐。我想起了一则寓言《蜻蜓和蚂蚁》和蚂蚁说的严肃的话："你老是唱歌——这是一回事，你倒试试跳跳舞看。"而早春时节就像这么一天：你毫无功劳却等待着欢乐；春天将来临，你将苏醒和像蜻蜓一样飞翔，根本没有去思考蚂蚁的话。

湍　流

这就是两条溪水之间的林边空地。不久前我在这里采集过白蘑菇，现在它全白了：每个树墩都像铺上了白桌布，甚至红红的花楸果也被寒冻扑上了白粉。平静的溪水冻结了，而小的湍流却依然还在奔流。

星星般的新雪

地上本无积雪。昨天晚上飘起了雪，仿佛这是从星星上掉下了雪花并在电灯光下像星星一般闪耀着。到早晨地上已铺了一层新雪，异常娇弱：一吹它就没了。但这点雪足以留下兔子的新足迹了。我们便驾橇去把兔子轰出来。

今天我来到莫斯科，马上就认出了：在路面上也正是那星星般的新雪，也是那样薄薄一层。一只麻雀降落，然后又很快飞起，它的翅膀扇起了一片星星，而在路面上已无雪的踪影，留下的是老远就能注意到的黑色斑块。

雪　中　树

地上是刚下的雪。林中很安静，暖和得只差雪没化了。树木被雪所包裹，云杉挂下了沉重硕大的爪子，白桦下垂了，有些树顶甚至弯到了地，变成了有花边的拱门。树木是这样，人也是这样。无论承受多大的负荷，没有一棵云杉是下垂的，除非折断。而白桦树，稍压上一点重量就下垂了。云杉及其上面的轮生枝叶昂然挺立，而白桦则在哭泣。

在林中雪原的寂静中，雪的形状显得非常生动，会令人感到奇怪："它们为什么彼此什么话也不说？"你想，"难道只是因为发现了我而拘谨不言？"当雪飘下时，你则觉得，仿佛听到了雪花的絮语，就像奇怪的雪的形状之间的谈话。

亮闪闪的白天

结束了猎兔子：起先是双重足迹，一只兔子追逐另一只兔子。从朝霞到晚霞一整天都像水晶般的闪闪发亮，中午时太阳照得相当暖和，微风摇曳着树枝，雪就掉了下来，在空中洒下了雪尘，这小小的雪尘又飞舞起来，在阳光下像星火似的闪烁着。

高高的云杉树上面的轮生犹如花瓶把越来越多的雪收集到自己里面，直到最后这一团雪，甚至遮没了云杉那高高的枝条。春天晚霞时分小鸟降落在这里并啼唱着自己的小曲。

黄　昏

晴朗的天空中出现了一根接一根像箭似的猫尾巴。气温升到了零下十五度。到傍晚时天空被遮蔽了，高高的云杉被风刮得东摇西晃，一下子失去了自己所有的礼品。它们下面，撒满雪的小云杉，就像些不得罪人的默默沉思的人，显得忐忑不安。

月亮的诞生

天空明净。寂静中日出非常壮观。零下二十度。喇叭鸟光凭感觉在白色的小径上奔跑。

整个一天林中都洒满金色，而晚上晚霞燃红了半边天，这是北方的晚霞，闪耀着深红的色彩，就像在新年枞树上的饰物，画有箭的精美糖果盒上常有的特别透明的纸，透过这层纸看一下光，一切都饰上一种樱桃色。但是在活泼的天空中不光只有红色：中间有一条很浓的蓝色矢状带，像飞艇似的横卧在红色上，而边缘上是各种层次的细微色调，它们补充了基本的色彩。

晚霞全盛的时间延续了一刻钟。新月伫立在浅蓝天空的红色霞光中。它仿佛是为第一次见到这景象而感到惊讶。

人的足迹

我 的 家

当人赤脚在树木间行走时,我喜欢看大自然中的人的足迹。一个足迹,两个足迹,这就形成了曲折的小径,它经过绿色草地、苔藓地、树木露出的根、松树间、蕨中间、沿板桥向下过小溪,又陡然向上,像顺着梯子一样沿树根向上。凡是我能好好地写作自己的故事的地方,到处都是我的家。

蜜

五月的寒冷结束了,天气变暖和了。稠李树的颜色变淡起来,然而山楸的芽苞已成形,丁香则盛开了。山楸开起花来,春天即将结束,而当山楸变红时,夏天即将结来。于是秋天里我们就开始打猎。在冬天降临前打猎时,我们会遇上山楸的红色果子。

无法说稠李有什么气味,无从比较就说不上来。第一次,春天里我闻过,我回忆起童年,我的亲人。我想到,他们也闻过稠李,也像我一样无法说出它发出什么气味,还有祖父辈、曾祖父辈、生活在吟唱壮士歌《伊戈尔远征记》那个时代的人以及还要早得多的完全被忘却的时代的人都这样。一直有稠李,有夜莺歌唱,有许多形形色色的草、鲜花、啼鸣的鸟,与它们联系在一起的构成了我们对故乡的感情的各种各样感觉和感受,只要有一种稠李树的气味，就使你把所有的往昔联结起来。现在它凋谢了，最近一次我想把花带回去——怀着最后的徒然的希望，想最终能弄清楚，稠李到底发出什么气味。我惊奇地觉得，花散发着蜜的香味。对了，我想起来了，稠李花在自己生命终结前散发的不是如我们习以为常的自己的气息，而是蜜的香味。这向我说明了，花不是枉开的……纵然它们现在掉落了，但是收集了多少蜜呀！

林中空地

在人曾经待过的大块林中空地上，常常会留下山楸、醋栗。在稠密的绿草地上根据一小块煤、一小块砖，你也能知道，人曾经在这里生活过。当你深信真的有人在这里生活过时，仿佛在风啸声中从远处传来话语，甚至完全就在近旁对你低语，那时你就会想起自己的亲人和死去的朋友，为一些人感到遗憾：他们没有活到今天，任何新东西都不知道；对另一些人——历来坚强的人——感到怜惜：没有活下来是好事！

花

三色堇总是紧密地集聚在一起。我望着这些花，回想起过去的农夫。他们那时忘我地繁衍子孙，挤在自己那一块土地上。整个广袤无垠的国家都响遍了他们的哀号："土地！土地！"

大迁移

多盛的草，多大的露水！稠李花盛开怒放，樱桃树也开起花来，杨树飘起了绒毛，这就是树林的大迁移，这就是数字那无情的力量的榜样：数百万这种绒毛在播种和成长。

春天的废物

树林中春天的废物在被绿茵覆盖之前就裸露着，呐喊着，令人害羞地责难着。每一根干枯的枝条仿佛都在说：这就是我，这就是我，没有条理的杂乱无章。人也是这样——不知为什么从来都没有时间收拾一下自己。他们用目光远大来掩盖自己的乱七八糟（俄罗斯人尤其为此而骄傲），而这最终导致利己主义、肮脏不堪。

如今人们明白了这一点，俄罗斯的"目光远大"也告终了。这就是为什么我们的文化价值准则用"教养"一词来表达，同时也有反对旧的野蛮的文明的保障。

老　树

真想生活在见到我爷爷、曾爷爷还是小孩的老树生长的地方……不过，想见的是这些树，而绝不是爷爷和曾爷爷——叶列茨的商人。

汽　车

过去你戴着礼帽走过村庄，往往光凭礼帽就称你为老爷。现在你乘汽车——也只是公民，这是因为在农村汽车被认为是国家的东西，人们首先想到的是，你来是办公事。

有一次我乘自己的汽车来。当村里人得到消息：汽车是私人的，我本人是作家，便立即认定："噢，这就是说，是马克西姆·高尔基送的。"

对汽车和各种福利，在农村可以大大地指望赢得对自己的尊敬。人们现在习惯于认为，汽车不是私人的，而是与地位相联系的。

我清楚地记得，例如，在旧时代将军衔体现在东西上：将军制服，将军鞋，勋章，在将军死后继续作用于将军夫人和将军的孩子，甚至现在，革命以后，在杂草中有时会遇上菩提树，于是，集体农庄庄员就说："这里以前住过将军。"

现在当然尊崇职务，但是却不会因职务而得到任何地位，人还是像大家一样的人。作家，老的著名的作家的地位，像我的地位，似乎是另一回事。但是不见得！今天儿子去村苏维埃主席那里报户口，主席说，他今天没时间，而明天整天都有空。"你愿意的话，"他说，"自己来，愿意的话，叫老人来。"坦白地说，"叫老人来"这话有点让我厌恶，但是想了想后，我付之一笑，乐意与自己的将军地位告别。

赫克托尔和安德洛玛刻[①]

清早我骑自行车去维凡斯基池塘。停下来休息，在沙滩上东想西想。那里扎戈尔斯克的男男女女，穿裤衩和不穿裤衩的，彼此挨得很近在游泳，他们互相认识，因此免除了必要的礼节：认识保证了体面，当然，没关系，可以不穿裤衩在这里游泳。

---

① 赫克托尔，荷马史诗《伊里亚特》中特洛伊主要英雄之一。安德洛玛刻，赫克托尔的妻子。——译注

有时候在一个人也没有而通常是人多的地方待一会儿真好，那时人们不会来打扰思绪，同时你又不是身处荒漠：无论听到什么，无论向什么人投去一瞥，一切都与人有关。就在那个地方，昨天晚上还坐满了人，脱衣服，扑到水中。今天夜里盲田鼠从自己的洞穴里抛出泥土，这泥土就形成了一个圆土丘，宛如少女的胸部。

可以听到黄莺的啼啭——这金黄色的鸟儿不停地鸣唱，这意味着，黑麦开始灌浆，很快也将染上金黄色。黄色的百合花绽放了。远处可以听到人们正走去游泳。我又回到田鼠挖出新土丘的那个地方，昨天大概有漂亮的姑娘坐在这里。我作为父亲一定要让自己的孩子注意这个迷人的土丘并对他讲田鼠和人的生活中的有教益的故事……

声音临近了，出现一个军人，年轻人，很英武，手上抱着自己的幼儿，这就是她，新俄罗斯，新国家，新生的人民。过去，在旧俄罗斯，从来都看不到年轻军人手抱婴儿的：过去抱着婴儿的总是穷妇。但是不仅如此，赫克托尔旁边走着他的安德洛玛刻，毫不羞怯，也许，甚至带着一丝自豪，挺着自己怀孕的肚子。

你好，年轻的，陌生的一代！

太阳晒得更暖了。在黄色百合花之后水中的白百合花也渐渐开放了。可以听到年轻女子的声音。两个年轻苗条的女共青团员走来了。怎么办？我不得不离远些，去男人的沙滩。她们倒并不害羞，但遗憾的是，我受的是相对温和的禁欲主义的礼节教育，从这个观点来看，离游泳者这么近有点不大自在，但是我又无法把目光离开美男子赫克托尔，他的婴儿，安德洛玛刻，无法不注意这妇女引以为豪的事，无法让目光离开年轻姑娘那纯洁优美的体形。

但是我所受的相对禁欲主义的教育占了上风，我移开了目光。不！无论去哪儿都离不开这些形象。在那个世界我看到田鼠在人们游泳的地方做成的土丘。我把自己的人的创作与这似乎是没有生命的泥土联系起来，我把自己当作父亲，说：

"我的儿子，你看一看，欣赏欣赏这些游泳者，这个田鼠一夜间堆起的土丘，想一想，甚至田鼠都竭力要创造一种完美的形状，为了拥有完美的美，你作为人要保持纯洁的目光。"

蜜蜂采量

养蜂人萨尼亚来，建议把我的蜂箱移到凉台上——现在已经不会挨冻了。

"现在我们，"我说，"很快将像蜜蜂一样。"

"会做到的！"萨尼亚很快就回答说。

我想，他是从不好的方面说的，而他原来想的完全是另一回事。

"私有制，"萨尼亚说，"可以说，现在已经消失了，还有一点点，我们也像蜜蜂那样追求采量，私有制不是我们的目的，而是'蜜蜂采量'。"

我不能同意这一点，由衷地希望把财产，也就是个人参与创造社会福利放在第一位，而不希望把贿赂放第一位。

同时，在那一切都刚开始的年代，我不止一次地因想到随着时间的推移我们将像蜜蜂一样而战栗。大概，这是因为恐惧，怕为了蜜蜂采量而迫使自己放弃自己的才能：我过去把自己的才能与财产混在一起，因此我与私有者是一致的，害怕社会的蜂箱。

孩子们

科利亚是党小组长的孩子，有一双灰色的眼睛，是个天生的男子汉。他难得笑，总有独立的思想，把任何交付给他的事做到底。莉达是他的姐姐。当她那褐色的眼睛闪闪发亮时，那么整只眼睛都充满了光亮，两颊绯红，总是准备跳起来。害羞起来后，她就抱住树，把绯红的脸藏起来，天生就是个女人。

猪 油

我回想起卓娅和她的女友——饥饿年代莫斯科的女孩。她们从家里出来，看到脚跟前有一大包东西，看了一下，是猪油！她们推测，猪油是用绳子从气窗里放下来的，结果绳子断了。她们拿起猪油并决定，如果它是穷人的，那就交回给他们；如果是富人和坏人的，那就吃了它。遗憾的是，猪油是穷人遗失的不得不交回。

母牛节

前面街上出现一头母牛。我很奇怪，母牛跳窜着，于是开始猜测："是不是有人在赶牛，是不是叶戈里耶夫节？"从遥远的遐想中开始恢复过来并确定着时间，渐渐地我并确信,对了,根据快活的母牛可以知道,今天真的是美妙的母牛节——叶戈里耶夫节。

长 焦 距

阳光明媚,微有朝寒。我坐进汽车去托尔别耶沃打猎。

我拍摄了阳光下的一座小桥:它曾经是一座真正的桥,但是坍塌了,只留下几根桥柱,现在没有全部铺上桥面,只搭了两根杆子,钉上栏杆,人们就在上面行走了。从这边拍摄后,我过桥到另一边并开始等人,想拍摄有人行走的桥,然后再比较哪一张照片好:是有人的好还是无人的好。就在这时候灌木丛中喀嚓响了一下——有人在行走!不,这不是光照下冰裂的声音。接着在四面八方连续响起了射击声。一个背着背囊的人无声息地走来了……

我拍摄了到处放声啼鸣的椋鸟。

我拍摄了有着白色花边的路上美妙的水洼。

我拍摄了白桦林边和白桦树——它们在朝阳下是那么洁白,这种白被看作是生命的属性,犹如人的脸色,犹如少女的腼腆。

杨树的林缘不像白桦林边那么鲜明,可是这里比较暖和,比较进深;这里有许多鸟禽,有的在地上奔跑,有的在树上歌唱;这里有各种各样的鸫鸟和椋鸟。鸟儿老远就能听到我脚下的冰裂,它们没有飞走,而只是在远处伸出脖子迎接我。

我拍摄了水面上方赤杨的柔荑花,路上的残水。

我是在尚未披上绿装的密林的阴处拍摄一条小溪上堆集的

这条小溪的底结了冰，因林中深色的水而呈黄色，看来，这溪底已经开始融化：昨夜兔子涉水跑过了这条小溪，它的爪印留在黄色的底上。

我还拍摄了照得很亮的皱皮疙瘩的老树墩。它上面，像在桌子上面一样，长着一棵小云杉。我拍摄了这树墩和小云杉，我用的是长焦距，以便拍出树墩和云杉周围的环境。这种时节也是用这样的长焦距曾经有过类似的注意，它向我揭开了这样一件事：拍摄这个老树墩和小云杉时，我想起了老格里格[①]。有一天他从山间散步归来，看见在自己家门口有一个小女孩，从那时起，他与她就没有分开过，并为她创作了许多歌曲。

树林中的人

我望着坐在船上漂浮在芦苇丛中的渔夫，水鸡，芦苇，水和树在水中的倒影。整个世界，周围的一切似乎提出一个问题，而对这一切的回答便在这漂浮的人的身影中：这就是他漂着，而你在打听和等待他。这是你自己的理智在漂浮。

法官打猎

我的好朋友是法官。傍晚起他就去沼泽打野鸭，在那里河旁待到早晨鸟儿重又飞到广阔的水面上。从傍晚起他就有一次向野鸭射击，因为在寂静和潮湿中射击后的烟雾似乎穿不透的天空弥漫在水面上。他甚至不知道，鸭子是被打死了留在水面

[①] 1843–1907，挪威作曲家，钢琴家，指挥家。作品多体现北方大自然风光和人民生活场景。——译注

上还是飞走了。此后不久浓雾从岸上扩散开来，笼罩了人民法官整个夜晚。这覆盖在沼泽上的雾使他难以看清。可以看到黯淡稀疏的星星。后来有一段时间天空全被掩蔽了，就像阴天太阳被遮盖了一样。布满星星的月夜在紧紧盖住杜勃纳沼泽的白被上空显得非常美丽。在寒冷的黎明前夕人民法官感到冷，冻醒了，但他没有立即站起来。他想，他的右侧躺在干草上，因此比左侧要暖和。他试着翻个身，但在此刻他明白，他的右侧躺在水中：比起黎明前时刻的寒冷空气，他觉得水就是暖和的干草。

这时我在山岗上的小径上走着。满天星星，东方微微发白。我想到被白雾罩住的法官：我想，如果此刻天气不变，那么今天早晨法官是不会开枪打野鸭的。我不嫉妒打野鸭的法官，怀着十分高兴的心情带着狗去打大鹬。

熟识的田鹬

在扎戈尔斯克附近有一只田鹬生活在我们那里，它为众人所知晓。有一天我在它窝里找到一个夹鼻眼镜的套子，猜到是猎人的。大概，就是我熟识的法官的。今天在街上遇见他，就把套子交给了他。

杰尼斯

杰尼斯·阿列克谢耶夫是个集体农庄庄员。当你去他那里时，他就给我汽车里塞上一只鹅或两只鸭。在这方面他感到自己优越于有私人汽车的人，因为那人要有开销，所有的东西都是买来的，而他这里则是自己的东西。一方面，他用这一点来肯定自然主人的优越性，另一方面，当然，这是礼物，是人与人之间自由的，不是买卖关系的见证。

有一回杰尼斯给我带来一条猎狗，我付给他两百卢布。这条狗不管用，我给他送回去。他对我说，钱已经花了，但不久会把鹅卖了，就把钱送来。

"也许，"他说，"您以后把鹅拿去。"

"可以啊，"我回答，"用鹅来抵。"

"好，"他说，"我将给您鹅。"

过了一年又一年，所有的期限都过去了，杰尼斯没有送鹅来。第三年秋天我到他那里打猎。原来不祥的预感没有欺骗我：杰尼斯死了。当我离开时，他的老伴给我拿来了鹅和两只鸡，一直劝我收下这些东西，并翻来覆去说，死者非常严厉地嘱咐她用鹅来偿还自己的欠债。

回　声

我对某位农庄庄员最初的印象是很好的，谈话实事求是。但是我说漏了嘴，他发现，我就是他经常听说的那个猎人作家，于是他就立刻讲起了打猎的事并把我带到自己家里，给我看他的猎枪。他讲了在西伯利亚猎熊的许多难以置信的事，后来又转到讲猞猁，似乎在他家乡乌斯季—瑟索拉斯克，猞猁会扑到人身上——从树上径直扑到人的喉咙口。当我表示怀疑时，他还补充说，他们那里所有的猎人为保护自己免受猞猁侵害，都戴上铁领子。听到这种荒唐的事，我就胡说起来：在我们树林里有蚂蚁，被它咬了……我说，为了防止被它咬，必须在特别敏感的部位戴上铁套。在我的叙述上他又加上自己的，说什么走近熊时，心跳得厉害，在树林里可以听到回声。

"难道您自己能听到自己心跳的回声？"

"我自己没有因为熊而心跳得厉害——没有听到自己的心跳，我不是胆小鬼，但是经常听到同伴的心跳的回声在树林里一阵阵滚过……"

狗　鱼

我们在河上行船，行至与戴白色便帽的年轻人并行。他异常激动，自言自语地嘀咕着，骂着。我们从水上问岸上的他："出什么事了？……"年轻人很高兴，就不停地说起来：一条大狗鱼被他的鱼钩勾住了，他差不多就把它取下了，但突然钩丝断了，狗鱼在水中消失了，怎么办？——对不起，这是常有的事……但是真让人高兴：这条狗鱼肚子浮起来了。微风慢慢地把它送到岸边。他等到了，抓住了，而它却在他抓着它的时候又挣脱了。现在已经一小时过去了，再也没有出现。

"您怎么抓住它的？"彼佳问。

"两只手抓住肚子。"

"这就是了。您永远也不要拿着狗鱼，应该用手指抠住眼睛。"

"我知道要抠住眼睛，可它是死的，是肚子朝上漂的。"

"不管它漂不漂，对它应该十分小心，要警惕，同志。"

但是渔夫顾不上玩笑。他大概想起有人用手榴弹炸昏鱼，便冷酷无情地回答："用炸弹炸它们，这些鬼东西，必须炸昏它们。"

啄木鸟的工场

小　船

在河流的浅水处太阳的光点组成了一张金色的网。深蓝色的蜻蜓停在芦苇丛和木贼的针叶中。每一只蜻蜓都有自己长满针叶的枞树或芦苇，从那里飞下来，又回到自己的针叶上去。

呆傻而虚弱的乌鸦孵出了小乌鸦，现在正在休息。

蜘蛛网上一张最小的叶片向河面掉下去，就这么打着转，打着转！

就这样我乘着小船向下游漂去，一边想着自然界的起源：现在自然界对我来说其起源是某种神秘奥妙的东西，人本身不久前才来自其中，又开始从中创造自己的东西——创造第二个自然。

两种高兴

当找到蘑菇时，我们非常高兴，甚至觉得，它们也高兴遇到我们。有的蘑菇自己在树林里生长，我们在节日里找到它们；有的伞菇是我们自己在地窖里种植培育的。在树林里我们感到高兴的是，蘑菇是自己长的，我们是徒手可得；在地窖里我们高兴的是，自己栽植了蘑菇。那里是蘑菇自己生长，这里是我们自己培植。

蘑菇只长到被人找到，然后就成为消费品。作家成长也是这样……拿一本书来说，也是利用温暖的雨雾，从那地下蘑菇室生长的，应该在消费者尚未发现并从根部割断你之前生长，在树叶和针叶的荫盖下默默地完成创作。

啄木鸟的工场

春天我们在树林里漫步，观察生活在树洞里的鸟，啄木鸟、猫头鹰的生活。突然在我们感兴趣的、过去做了记号的树那个方向，我们听到了锯树的声音。据人家对我们说，那是一家玻璃厂准备从干枯的树林中劈柴。我们担心我们的树，急忙朝锯木声奔去，但已经晚了。在一棵截断的山杨树墩周围躺着许多空的云杉果：这全是啄木鸟在漫长的冬天里将球果去的壳，收集拢并送到这棵山杨树上，将它放在两个树杈之间并啄木，山杨树就是啄木鸟的工场。

两个老人都是个体劳动者，整年干的就是锯树，他们的样子就像是被判终身准备劈柴的老犯人。

"你们就像啄木鸟。"我们指着啄木鸟工场的球果说。

"老淘气鬼，你们这是罪过呀！"我们向他们指着截断的山杨树说。

"叫你们截断干枯的树，可你们做了什么？"

"啄木鸟啄了许多孔，"罪犯回答说，"我们看了一下，当然就锯了。"

大家开始一起察看树木，它完全是生机盎然的，只是在长不到一米的不大的地方有蛀虫。啄木鸟显然像医生那样听诊过山杨,知道里面被蛀虫吃空了,就进行手术取出蛀虫。在它啄孔时,蛀虫爬高了一点,啄木鸟弄错了,又啄第二个、第三个孔……山杨树并不粗大的树干像是带着许多孔的木笛:啄木鸟这个外科医生开了七个孔,只是在第八个孔上才抓住了蛀虫,将它拖出来,拯救了山杨树。我们截取了这一小段,作为博物馆的极好的展品。

"你们看见了,"我们对老人说,"这是树林的大夫,它挽救了山杨。"

老人们感到奇怪,他们中的一人甚至朝我们眨了下眼并说:

"我们干的活中也是这样,大概,也不光是些空球果。"

我则把一切都转移到自己,一个作家身上,想:"我写的也不只是空话。"

风　格

我的朋友,画家的风格产生自包含世界的激情,只有这一点并知道自己有这一点,要学习克制它并谨慎地说出来,这样才会从你个人吞噬一切的需求中产生你的艺术家风格,而不是从一般的学会技巧中。

顺　便

一些妇女顺着土堤走去树林搞柴火,而另一些妇女已经背着干树枝回来了。妇女们累了,但是某个地方对她们来说就是五月和一切美好的东西,只不过她们不提五月。"我的炉子全都要,"一个妇女对另一个妇女说,"在我的炉子里什么都能烧。"

不，妇女们不是在秋天的泥泞地里背柴火，而是在树木刚开始泛绿和花儿最早开放的五月。她们对五月感到兴高采烈。但是，假如她们能窥视我的内心，而我在平常的日子正走去欣赏五月，那她们就更会感到高兴！我把生命献给这某种东西，顺便说，是大家都有的东西……简直是童话。这童话是什么意思：这是"顺便"显示给我们的东西。

永恒的东西

即使没有多大才能，也可以成为一个大艺术家。为此在写好的作品中应该善于找到永恒的东西（如通常说的"永恒的文笔"那个意思）。应该根据这种成功的永恒的东西构建新作品，在新的作品中寻找成功的东西。这样，在水平越来越上升的同时，应该使自己的作品充满"永恒"的字行，永远追求最完美的结果。工作一辈子，如我指出的，可以感到自己相当有信心。大多数人工作缺乏信心，只凭才能，"凭上帝赐予的"写作，他们很快便文思枯竭，如"季节之王"一样在社会上一闪而过——"上帝赐予，上帝也拿走。"

亲近的关注

为了描绘树木、岩石、河流、花上的小蝴蝶或生活在树根的鼩鼱，需要人的生命。不是为了比较和将树木、石头或动物变成人，才需要人的生命。犹如运动的内在力量，汽车上的引擎，具有才能的作者本人需要活到使极为遥远的这一切变成人能理解并感到就近在眼前。

损　失

　　今天早晨我走的时候心里有一种喜悦，这种喜悦要寻找体现的对象，通常很快就能在什么东西上找到：也许，鹭不乐意沉重地从潮湿的树上飞下来；也许，云杉用浅绿色球果的丰收来奖励你；也许，你发现，绷紧的红蘑菇在往上窜，环顾一下那里有第二只、第三只，整个林中空地上全都是蘑菇、蘑菇……

　　我奔向蘑菇，采集它们，眼不离地地向更远的地方走去。现在我受寻找蘑菇的目的的束缚，我全身心地沉浸于此，再也不能发现大自然中的其他事物。

思　绪

　　今天冻得不厉害，没有结冰层。我们到八点钟才捕猎归来。当疲惫不堪的躯体开始休息时，头脑里就冒出令人高兴的思绪来，于是你就认为，思绪是躯体休息的一种现象，这说明，为什么我的书在疗养院取得了成功。

　　要记住，冬天黎明时，云杉在一片雪色中完全是黑的。

堂·吉诃德的磨坊

　　当我读到形象可悲的骑士斜拿着矛向磨坊冲去时，我总是进入磨坊的状态：这可是偶然情况，正是在堂·吉诃德冲向磨坊时，作者的奇想将它用了进去。假如事情发生在无风的日子，那很可能骑士会折断它的叶片，会有一段时间使居民不可能磨麦子。

我非常同情和平的、无防御的、大家都需要的磨坊的境遇。此刻我由衷地仇恨骑士，这个被赋予了许多好的品质，只是很可笑，但并不可怕的骑士。

而他是可怕的……

在特列季亚科夫卡

早晨——天气晴朗，午后——十分炎热。我又一次观看列维坦的画，发现他的风景画里没有列维坦本人：树林中横过溪水的圆木，没有人。同时你却觉得，仿佛有人像一个透明的看不见的人影正在走这根圆木桥。这个人就是列维坦本人。我感到亲近，但又感到忧郁和片面，没有觉得高兴。要高兴得忘形，有无限宽广的心灵才能见到人。

故　事

故事——这是心灵和肉体平衡中固定的时刻。故事——这是与来和去的联系。我思考着建设白海运河的故事并望着石桥，它即将完工。现在明显地可以看出，任何建设——盖将要住人的住房也罢，筑将要行走的桥也罢——都是未来消耗现在。历史上加强建设的时代是创造未来。建设中我的事业是写自己的故事。我望着筑桥者并保证这个春天动员起来：无论是在农村还是在城市都不会有我的位置。我的位置是在创作我的故事的地方。

我的桌子

我的桌子荒弃未用,它就像树林一样:外形勾画出一个脑力劳动者,而在细节上则一片混乱,除了主人本人,无论谁都不明白,刺猬就这样走进树林,依次爬过所有的树叶:它全都知道。我也是这样坐到自己的桌子跟前的。

联络的感情

灰色的猫头鹰说,出于跟全世界联络的感情就会以某种方式出现克己。这很好。我非常清楚地知道这一点,只不过称此为谦恭。在这种限制中,从总的感情来看,产生了对生活的热烈的爱,而从爱到生活——需要亲切的注意。在大家打算彼此消灭的今天,恰恰应该教会人们这一点。

词和种子

在林边我跟一个耕地的农庄庄员谈到,大自然安排得多不正确:为了让山杨林长出来,要白白舍弃多少种子。

"不过,人也经常这样,"我说,"哪怕就拿我们作家来说,多少词徒劳无益,直到从一个词中生出什么……"

"这就是说,"农庄庄员总结我的话,"既然作家传播空话,我们能向山杨问罪吗?"

暴风雪

心里常常仿佛刮起了暴风雪,思绪连篇。但是无论怎样一个也弄不清楚，同时又丝毫没有一点烦恼。心里这一场思绪的暴风雪犹如在阳光下发生的一样。为了弄清楚思绪，最后我从现在无论如何都无法明白它的内心世界察看外部世界，并看见，那里也完全是在明媚的阳光下，一股股低刮的暴风雪扫过银色的雪面冰凌。

当外部世界相应地继续并无限扩大和加强内心世界时，它是异常美好的。现在根据阴影我将知道光的春天：我的路被雪橇滚过了。它的右边是浅蓝的阴影，左边则是闪亮的银白色。你自己走在雪橇划出的深洼里，你会觉得，你能这样无尽头地走下去。

开阔心灵

在与新的、没有见过面的东西接触中，心灵变开阔了，并觉得，你一眼就看到了一切。有的时候我就广泛利用这一点：经常去一些新的未见过的地区，又是抓住机会掌握材料又是吸取其中精华。我的《生命之根》绝对是根据第一次看到的东西写成的，因此取得了成功。

借助于第一眼就捉住世界的这种能力是有极限的：吸取新东西三个月后我的这种能力停止了，根本不想再看到什么东西，因此一开始就害怕白白放过时光：你知道，时间是有限的，徒然拖住你——你就永远错过了。

有一次我有机会在高加索待了三个多月，每天都得到大量强烈的印象。接着在海上漂了三天，我沉湎于这些印象，以致在整个黑海完全风平浪静的三天行程中，我的头脑中保留下来的是不太大的浅蓝色圆圈。

个人的东西

　　如果休息时在家里做什么喜欢做的事：有一条心爱的狗，或鸟，或随便什么东西——小地毯（我每天早晨把它藏在床垫下面，晚上因为赤脚而爱惜地将它铺在床边），像大家一样，有许多别的个人隐私的东西，其中当然也包括各种各样的憧憬、愿望，几乎是漫无目的的遐想——就这样，如果我喜爱、珍惜所有这一切，不由自主会赋予这一切活的个人的东西某种特殊的意义。那么，当这个人的无用的东西突然呈现在众目睽睽之下时，这一切突然也就有失尊严，而且为这一切而感到羞愧，就让我这一切个人的东西像泼留希金[①]仓库里谁也不需要的废物一样出现在客观的眼睛面前——关键不在这里，可怕的是你自己受到了这公共的审判的感染，你自己变得羞愧，觉得在这样的时候做这种无聊的事。个性的初芽总是处于威胁之下，幼芽还不强壮。

　　就这样，在读了对我的书狠狠批评的意见后，有多少次我陷于对自己的泼留希金文学仓库有种自我贬低的感情。当朋友们赞许我的废物时，又有多少次我恢复了所有自己的事务。

对自己的信任

　　渐渐地明确了，不必太追求材料：看一眼就够了，就可以

[①] 果戈理小说《死魂灵》中的地主。——译注

写作。我明白这一点，即是理解到增加了对自己的信任。在进行科学工作时，人们做许多研究和检验自己。但是艺术中最主要的是对自己的第一眼的信任，只不过应该永远记住，认识的这种简单和对自己的这种信任是通过复杂的劳动才获得的。

人的宝藏

树林犹如一层层沟壑形成的潮湿幽暗的地窖般的深渊。经过缠绕着啤酒花的赤杨和荨麻，好不容易从它的黑暗中走出来，到了鲜花盛开、蝴蝶翩翩的草地，周围是树冠那闪光的巨浪。于是你大概知道，全身心地理解周围的一切，这是多么巨大的未加采集的财富，在它面前有关臆想中奇美的蕨之花宝藏的所有猜测都不值一提。相反，偶尔回忆起宝藏时，你会对人的想象之贫乏和低下而感到惊讶。瞧它们——人尚未采集的财富，没有任何鬼名堂就呈现在你面前，它们不藏在地下什么地方，而就在你眼前：去拿吧！你非常高兴，站在他们面前，对于人尚未伸手攫取这些真正的财富、这真正的幸福而感到奇怪。说出来吧，开发吧，但是怎么能说，让人家别对你报以荣誉，别毁灭整个幸福，而将它归结为个人的特征。

自己的思想

创作中起作用的只有自己的思想，就它决定着创作的基本力量，知道这一点是解决数千问题的关键。我直到活到六十五岁才终于明白这一点。这就是说，我的心灵就是现在也继续活跃着并发展着。当然，知道是知道的，但是，当思想是自己的思想时，它只适用于创作，当它成为内心的思想时，它就是自己的思想，纵然这思想百万次地被人说出来，但是当它成为内心的思想时，它总是新的思想：这是它的一种个人的复活，抓住思想的个人复活的流就是走上了创作道路。当我第一次拿起笔来时，我就发生了这种美妙的情况。

前　辈

老年的幸福在于，当你想起往昔时，经常有一种充实感：一些死人站起来了，一些则立即躺到坟墓里，还有些在真正意义上只是第一次出现，变得可以理解。

在黑乎乎的云杉树墙旁，深红色的山杨和暗金色的白桦自然而然地以那种特别的次序排列着，就像山峦中常常见到的岩石、云彩的排列那样。同样还有房间墙纸上时间的斑点和列昂纳多说到的木墙上树枝周围特别的波纹线。云朵、岩石、树林、房间里的斑点和树枝所产生的形状，给我们早已死去的、半已忘却的人的形象。有一次云彩中的月亮形成这样一种结合：它显得像我堂兄的脸，而且非常生动，这是我一生中第一次理解这个死去的人的真正意义。

人的饥饿

你饱尝着大自然的美，犹如饱尝食物一般：给你装得再也无法装进去。但是，如果你会表达这一点，那么迟早会有人来把自己的东西补充到你的上面，而此后会有第三个人，接下去还有人：人对美是永不满足的。

自由生存

一切是灰蒙蒙的,道路是棕黄色的。窗户上挂着春天的初泪。我走出屋子,刚走进树林,我的心胸就开阔了。我走向的是浩瀚的世界。

望着一棵大树,我想到了它在地下的细小的根,这几乎像发丝一般的根须。它在土壤里为寻求食物,为自己开辟曲折的路。是的,当我走进树林并感到高兴时,我在林中感到的正是种巨大的整体感,你在其中马上就确定你个人的细根的使命。我的高兴完全像日出时的高兴。

但这是多么忐忑的感觉呀!我多次试图用心留意它的产生并当作幸福的钥匙一样永远拥有它,却未能做到。我知道,这种心灵开阔是在某种束缚后合成的,是与鄙俗进行不明朗的痛苦的斗争结果;我的书是我取得的许多胜利的见证,但我根本不相信,当出现似胃癌这样的某种新的束缚时,在这种艰难的斗争中我能走向自由。

我还知道,当出现这种自由时,那么亲情的关注会非同寻常地加强。就这样,我现在高兴地与整个生活融合在一起,同时又不放过注意白雪地上在我前面移动的一个黑乎乎的小头。我走的路被无座雪橇轧平了,下面是马蹄踩出来的褐黄的槽,槽边是平的,白的,硬的——这是被无座雪橇边上的木杠磨出来的。沿着这些边走起来很好。这样我就沿着这样的边侧走。我知道,有一只鸟沿着我留下的褐黄色凹槽,在曲折的道路后面飞驰。在路的白色一边的背景上我能看到它的头。根据头我猜测，这鸟很漂亮，有松鸦的浅蓝色翅膀。当路变直时，我看见松鸦旁边有一只红灰雀和两只鹎离我而跑。

形　象

如果能用形象说出人们通常在说的众所周知的思想，为什么这等于是真正的发明呢？是否因为有时候人们在重复一个思想的时候失去了它的意义，而在形象中出现思想时重又知道了呢？

追　求

在艺术作品中美是美，但是它的力量在于真：美可能是无力的（唯美主义），但是真不会是无力的。

人有勇敢的和强悍的。有伟大的演员，伟大的艺术家。但是俄罗斯的本质不在美，不在力量，而在真。如果整个人，整个外表都浸透了虚伪，那么对基本的人来说，就不会有基本的文化。他知道，这虚伪是敌人的事，一定会消失的。

伟大的艺术家不是在美中，而只有在真中为自己的伟大作品吸取力量。这种对真的天真幼稚的崇拜、对真的伟大的无限恭顺，在我们的文学中创造了我们的现实主义；是的，我们的现实主义的本质就在这里：这就是艺术家对真的忘我献身的恭顺。

为自由服务

在自由的构成里包括服务的能力：我为自由服务，我不会消耗它。我的服务导致积累我的自由：如果我想要什么，我就能得到，吝啬的骑士就这样生活过，只不过他的箱子里是黄金，而我的文件夹里是文字。

美

美是个性的见证，甚至在大自然没有个性的美中，如果弄明白的话，也能见到创作个性。一些人对风景画的美感到惊讶，便想到创造了这种画的画家："列维坦，真正的列维坦！"另一些人自己第一次知道风景画的美并因而创作它。

我们当时与唯美主义作斗争，因为对美的兴趣夺走了对革命道德的任何趣味。颓废派本来高高在上，反对这种道德，像众神似的，但这只是一种过火行为：现在他们停留在寻神说，而这是革命。同时，为美服务的个人权利作为个性的见证而存在，只有通过创作才可以证明它。

我们失去的形象

我思考着艺术，它总是给我们个人失去的形象——怎么不是这样呢？我一定得爱上什么，离别，中断婚姻的翱翔，用失去的形象来医治创痛，所有的诗人因此就这样开始歌颂大自然，说人们失去了属于大家的大自然的财富。要知道，我们人千百万年都在前进，失去了游泳、飞翔的能力，或像叶子固定在紧连在强大的树干上的叶柄上那样，或是顺着植物的细茎攀爬、随风摇摆、含种子的绒毛在空中旋转、空气中飘着孢子粉尘并失去了许多这样的好东西，非常想再拥有它们，只是因为我们与整个世界有着亲缘关系。我们用亲切注意的力量恢复公共的联系并在另一种生活方式的人们身上，甚至在动物、植物、石头上发现自己个性的东西。

把　玩

无论什么有用的东西我都不感兴趣,但是我收集贵重东西,通过我它们成为对别人有用的东西。使我感到满足的正是,只有通过完全是无私地收集它们的我,它们才成为有用的东西。我根本不考虑对自己和别人有没有好处,我收集,只是通过我的把玩,它们才成为于别人有用的东西。这就是说,尘世有一条路把玩着生活。

作家—画家

中午前太阳从"猫尾巴"中照耀着。午后下起了温暖的细雨。对于收获来说,这一切非常好。午餐前我在格林科沃旁边还盛开鲜花的稠李树中拍摄小河,拍摄顶部弯成圆环的蕨,款冬,河中一簇簇黄花。

蚊子不停地骂我,但马上夜莺就在耳朵上方啼唱起来。斑鸠咕咕叫着。黄鹂呼应着。林鸽拼命鸣叫。我不仅拍了照,而且还记了笔记,因为我感觉很好,生活中的经验线有时汇合到一起,由此而产生思想。

但是画家也是这样来画自己的草稿的——看到在沼泽地里画画的画家是没有什么可惊讶的。为什么就要奇怪地看着这种状态下的作家呢?大概是因为,在一般的概念中,作家是安逸的艺术家,是在书房里生活的。

间　隙

　　我望着一个哈萨克人宰羊，而另一个哈萨克人（民间诗人）吟诵着诗歌，说的就是哈萨克人割断羊的脖子。我怎么也无法设想，让民间诗人同时既宰羊又吟诵。据我看，为了吟诵羊，诗人还应有某种空隙，类似汽车方向杆中的"间隙"。

　　不用直接运动的空隙一定成为诗人心灵的组成部分，就跟磨坊轮子上一定有流水的空箱子一样。别人的生活流入诗人轮子的空隙中并立即被当做自己的生活来接受，别人的东西到了自己身上这一刻产生的作用，和也是很短时间充满锅炉空眼相比，是同样有用的。

我的狩猎

　　有些人把我有一副好模样归功于饮食和空气："您看起来非常好，大概，照自己的习惯住在树林里。打猎怎么样了？"我总是彬彬有礼地回答，树林和打猎对身体是最好的条件……我的树林！我的狩猎！假如他们能待在沼泽地有蚊子的树林里，在牛虻的嗡鸣伴奏下散步数小时就好了！我的狩猎也一样！我表面上说打猎很平常，在众人面前为我内心的狩猎辩解。我总在寻找自己心灵的猎物，一会儿在云杉的球果中，一会儿在松鼠身上，一会儿在阳光透过林中窗户射到的蕨上，一会儿在鲜花遍野的林中空地上来了解它。可以对它狩猎吗？可以对谁直截了当说这点吗？当然，无论谁都不会理解的。但是有目的的时候呢？比如打死一只山鹬，那时借口山鹬可以描写自己对人的美好心灵的狩猎。我的模样很好（"看起来非常好"）并非是因为沼泽地和树林里空气好，也不是因为饮食好，那是最平常的饮食。我充满希望生活，为自己的发现高兴，而且我有可能以此为生，因为多多少少准备好面对那种情况：如果布谷鸟对我的问题"我能活多久"没有叫完"咕—咕"，只回答一声"咕"就飞走。

水老鼠

这是在四月里，大水淹了树林的水泛地，树冠像灌木丛那样矗立在水的上方。我乘着独木舟驶近它们。这里一根树枝上一只水老鼠沐浴着夕阳的阳光。它失去了自己的故乡。在它自己的命运中遭遇的这一事件不是老鼠共同遭遇的事件，而纯粹是它自己遭遇的。为了自救，它不能像所有的老鼠，也不能像它自己一生所做、以此为生并足以应付的那样，运用老鼠的一般经验。现在它像人一样，应该为了自救而想出什么自己的办法来。它大概从远处漂来，已经十分疲乏，甚至在我盯着它看时也不投入水中。在落日的光照下它的额头变圆了，和人的额头一样。它那通常是黑色的、现在是白色的眼睛中有某种美好的人性的东西。老鼠遭遇中理智的闪光，我觉得很美好。我想，就是这里，在这老鼠身上有人，到处都可能有他。我怕打破正在休息的水老鼠的安宁，便悄悄地把自己的独木舟向后移动。

创造色彩的力量

在车里休息的时候，我望着披着雪的树林。它沐浴着落日七彩的光。一个埋在心里的老念头回到我的脑海里：只有色彩才能保持这美。这里全部的关键在色彩。我想起一条偷听来的定义："空间——这是创造色彩的力量。"

多于三人

一个人在树林，或两人，或三人，而打猎时我们多于三人，这就太多了。于是，可能又是一个人。这就是为什么城市不仅是集体的，而且也是个人的、创作的避难所。

为直线而奋斗

我窗前圆形的草地尚未被水浸注，整齐地布满了化雪的地方，水洼和一滩滩圆形的白雪。一条通向远方的白带分开了所有这些斑块，白色的，蓝色的，黄色的。大自然里不可能有这样的直线，你看到的话，马上就猜到，这是人在冬天走的小路。但是我在天上也看见，这样一条整齐的直线把一些云朵与另一些分开了。你几乎是迷信地望着这样的直线：只有人才能弄出这直线，可是在云层中哪来的人呢？

突然一架飞机从云层中飞到蓝天中，一切都明白了：是人在自己身后留下这天上的直线，就这样为了直线在天上和地上奋斗着。

敌　人

我听到某个地方的什么马达在震颤吼叫，但是我的思绪离马达如此遥远，根本分不清这是来自飞机，还是小汽车，或是来自窗外哪家工厂的声音。我听到震颤的声音，而你若问的话，我说不出来。人们也常有这样的事：你看见了，你也知道，脸是认识的，全都熟悉，可是却想不起名字来。某个人在眼前晃动，他像很亲近的人似的走到你跟前，朝你微笑，跟你说话；你也对他微笑，开玩笑，可你却叫不出他的名字，这多可怕呀！突然他脸色变白了，他明白了，我也脸色煞白：我看透了一切，却叫不出名来。"您简直就不认识我！"他生硬地说。就在这时——真幸运！——我想起来了。"如果您认得我，就叫出名来。"他要求。我就平静地说："您多奇怪，我怎么会不认识您。"这一次我是得救了。而有一次我没有认出来，而他也猜到我没有认出他，我就成了他的敌人。

还有一个敌人

　　我去澡堂，好像谁走了进来，坐在我旁边。我没有看他，不然，我怕他会用儿子的事骂我。我走开，他却跟着我。我坐到水龙头旁，他也坐到旁边来。我们在一起洗了很久，很尴尬。我站起身，悄悄地急急走到另一个房间去。

　　"嚼，"我想，"摆脱了，敌人不会跟着我了。"

　　不是这么回事：敌人拿着有把的木盆、浴擦和肥皂接踵而至，又坐到我旁边。"好了，"我想，"现在他大概要打我了。"为防万一，我把木盆放到右手边，以便及时抓起它，紧紧握住它的把手，并下了决心。我终于下定决心抬眼看敌人，我呆住了……敌人不是他，非但不是，他还请我为他擦背。

读 者

晚上我们的姑娘给我从莫斯科带来了汽车外胎。在电气列车上有人想要她们罚款并做了笔录。但某个军人（"全身挂满了菱形章"）听说轮胎是给普里什文的，突然跳了起来并说，普里什文是作家，他读过他的作品并准备为作家担保，如果必须的话，他来付罚款。于是做笔录的车长停住了并低语说："我好像也读过他的什么作品。"——他答应马上就回来，走了出去，却再也没有回来。

安 泰[①]

隐士修道小室有秘密。他们一股脑儿把秘密全归结为克服"魔鬼"的诱惑。任何真正的作家也有这样的秘密，其中之一便是我比所有的人好。另一个秘密则是有损尊严的委屈：那里没有提到，那里回避了……夜里这些隐秘的念头使你感到自己是棵烂了心的树。清晨你打开窗户，听到黑琴鸡的鸣叫，椋鸟的啼唱，看到白桦树流淌着汁液的褐色的树枝，开过花的山杨树上灰灰的毛虫，就会产生朝气。不然，相反，你感到自己战胜了自己身上一切渺小的东西并明白，为什么一触及地，安泰就复活。

---

① 希腊神话中的英雄。他的母亲是大地。战斗时他只要触及一下土地，就得到一股新的力量，因此成为无敌的勇士。有一次他被敌人向上举起，他无法触地，就被掐死。——译注

当代故事

一　雅歌

正如在最萧条的冬天根据傍晚那窄窄的红霞就可以预感到光的春天一样,当黑麦将开花时,你就开始特别珍惜我们短暂的夏天的金色日子并精明地计算起来:黑麦将开花两个星期,麦穗灌浆两个星期,成熟两个星期,而到时……

收割黑麦后不久,样子特别的各种小树开始从树林中伸展到林边空地并以自己的盛装仿佛在说:

"看见吧,我不像大家那样,我是黄色的!"

另一些树夸耀说自己是金色的,还有些树则变红了。

就这样,样子与众不同的小树开始从整体上还是绿色的树林中分布开来,这就是说,整个郁郁葱葱的夏日的树林不久将告结束。

但是现在离这还远:黑麦刚刚开始开花。

我们富裕的农场里的黑麦在新村和农场用地之间延伸。这些新村是我们在战前刚建起来的。

每天我们抄近路去农场干活,因此穿过大片田野在高高的黑麦穗之间由我们的脚走出了一条结结实实、弯弯曲曲的白色小路。

我心爱的米洛奇卡第一次遇见自己的谢廖沙就在这条弯弯曲曲的白色小路上。那时黑麦已经开花了。

我真想赞扬他们的纯朴爱情,就像所罗门王①在雅歌里颂扬它一样。

我知道,就是在那遥远的时代曾经有过许多战争,消灭了城市和州府的所有居民,即使有这样巨大的灾难,也没有妨碍所罗门王把神圣的爱情之歌捧上天。

但是现在,当战争轰鸣,大家都喝着尘世的苦酒时,我却不能写我想写的东西。

而且,请允许我指出,我根本不是作家,我所受的教育,对不起,是不够的:就职业而言我只是个钳工和车工,车金属,或是钻,或是锯铁——我的思想被活儿禁锢了,但是往往一放下工作,我就马上着手学习,在长期的生活实践中我补充了自己的教育,我的靴尖来来往往走遍了整个俄罗斯大地。

我读了许多书,首先从中为自己选出了十位哲人作为自己永恒的同伴,翻来覆去多次读他们的作品,对他们的话表示神圣的尊敬。我请读者注意,我学会了理解普希金是俄罗斯最伟大的作家,但是无论如何不是果戈理。我承认,我甚至没有把果戈理归入我所选的十位哲人之中。从很早时候起他的书就被放在特别的书架上,像是被放逐一样。但是,说真的,是两种版本:一种是豪华装帧和一种是自己原有的印花布面装帧,如我自己装订的那样。

应该指出,我所承认的这些作家,我只有他们的各一本书,

---

① 公元前10世纪以色列王,《圣经》一些篇章的作者,其中有歌颂爱情的《雅歌》。普里什文在故事中经常用到《圣经》。——原编注

大部分是印花布面的,而被否定的这位作家却有两本书,一本是豪华型的,红色羊皮封面。

从童年起我就非常怕这个果戈理,他的中篇小说《可怕的报复》我一次也未能读到底,就是现在,当我读到报复者——有着一双死气沉沉的眼睛的骑士从云中来到山间,还有他的影子——报复——开始在整个大地上横行,读那些篇章时,可怕的巫师还令我惊惧。现在,当全世界因战争而战栗的时候,我一想起骑士——报复者,便把手掌紧紧地交叉在胸前,把肘部贴向两侧,我感到,似乎我的身躯在轻轻地哆嗦。这时我觉得,前所未有的这场世界大战就是骑士——报复者的影子。

就这样,我像被吓坏了的孩子一样把果戈理放到特别的书架上。我常常会有这种情况:只要朝那个方向看一眼,就会忧愁起来,整天都对自己不满。

我的心里一生都没有接受果戈理。我想像谁,我斗胆说,想象俄罗斯编纂编年史的涅斯托尔[①]。我虔诚地读着克雷切夫斯基[②]的《俄国史》,当时我理解了人的这种理想,他的神灯透过遥远的过去的迷雾,从我们祖国黑黝黝的森林里照耀着我,我也想成为这样的老人:像他那样普通,谦虚,像年轻人一样怀着信念奔向未来。

生活中我不止一次遇到过隐居在民间的这样的普通和睿智的老人。我相信,现在,甚至此刻,在这场战争最艰苦的日子里,

---

① 俄罗斯 11—12 世纪作家,基辅洞窟修道院修士,《编年纪事》的编者。——原编注
② 1841—1911,俄国历史学家。普里什文藏书中有他的全集。——原编注

这样的人在某个地方把眼镜上的绳子缠到自己的耳朵上并撰写着。

就算他自己不写——那也一样：在自己的行为中他不会盲目服从命运，一定会为用爱联系人们的伟大事业服务。

我以我们佩列斯拉夫尔的波德戈尔纳亚村的米隆·伊万诺维奇·科尔舒诺夫①为例。老人有我这个年纪，也像我一样是个狂热的读者。真需要用一本大书来写他的一生。当时他真正接受了列夫·托尔斯泰的思想，花了十年左右的时间从中解脱出来。摆脱了托尔斯泰后，他又陷进了陀思妥耶夫斯基的思想有十五年之久。共产主义思想来到后，他理解这种学说是对人的爱，但是我所说的这样的人在我们国家到处都有，这种人天生素有并与具有俄罗斯热爱人的思想的活动家的精神休戚与共。他们的孩子也在成长，也受到读书的熏染。

从阿廖沙童年时找书起我就记住了米隆·伊万诺维奇这个大眼睛的儿子，假如米隆·伊万诺维奇没有及时醒悟过来，没有让他去学会计，不知道他这样读书和顽皮会成为什么样的人。从他小时候起我就喜欢这个男孩，眼睛大大的，灰溜溜的，就像只猫：你弄不明白，他是善良的还是凶恶的。但是当他垂下眼睑就显出长长的黑睫毛，宛如娇嫩的皮肤上放着一把篦子，不知为什么通过这一点你就明白，这个孩子是善良的。

我还能讲出佩列斯拉夫尔的一个自学的读者加夫里拉·阿列克谢耶维奇·斯塔罗维罗夫。只是我应该说，他可不是像我

---

① 该人物的原型是普里什文早就熟识的农民，自学成才的哲学家德米特里·帕夫洛维奇·科尔舒诺夫。——原编注

和米隆这样的自学者。他的父亲是墓地教堂的教士,因此加夫里拉身上有神父的血脉。

当时并非是因为没有能力或顽皮才把加夫里拉赶出神学院四年级的,而是因为他继承了对树木生命的爱:男孩不学习,老是在花园里挖。父亲的花园很好,男孩从小就给小苹果树涂涂抹抹,割去结节,培土,就这样他明白了树木的生命,而我注意到了这一点——所有的好园丁对树木的爱,都是始终不渝的。

父亲死后,加夫里拉·阿列克谢耶维奇靠承租花园过日子,开始在父亲的墓地教堂里当站在捐善箱后面的教堂长,就这么像橡树似的一辈子站在这捐善箱后面。当他儿子万尼亚长大一点时,男孩就与父亲一起站在捐善箱旁边,这非常像瘦小的小橡树开始长高,与高大的老橡树并肩而立。父亲做得很对,当到了一定时候,让万尼亚离开了花园,把他送到中等技校学习农艺学。

就这样我们这几个爱读书的人在佩列斯拉夫尔像一家人一样生活。但是我们读不同的书。米隆·伊万诺维奇给自己寻找的可以说是好的行为;加夫里拉·阿列克谢耶维奇就其好学和持之以恒的性格寻找的是理解家乡地区过去的生活;我则如我说过的,想要当作家,但不是为了出名,而是要像涅斯托尔那样,做一个把一代代人联系起来的编年史者。

因此我再次请求:请原谅我,我是个从事平凡劳动的人,因穷困勉强才受了点教育,现在你们会理解我,我暗中想要写像所罗门王一样的米洛奇卡的爱,我望着涅斯托尔,写的不是我想写的,而是拿着全民饱尝的苦酒的酒杯边。

现在，当痛苦来临时，仿佛首先是我的思想进入了自己的生活。我开始明白：如果我真实地叙述战争年代我们镇上的人们是怎么生活的，我就尽了自己的绵薄之力。

二　佩列斯拉夫尔的陡岸

我们古老的小城佩列斯拉夫尔不完全像俄罗斯其他的城市，至今它仍隐匿在远离铁路的一角。它的那些小房子就像海滨城市一样成一条线坐落在靠近森林环抱的普列谢耶沃大湖湖岸的地方。加入这大自然财富——森林和水——还有古老的建筑——山岗上的寺院和教堂。

海鸥白茫茫，湖水蓝莹莹，森林绿油油，十字架在阳光下晒得热烘烘。谁第一次见到这景象——他会觉得非常美，我们自己，佩列斯拉夫尔人，已习惯于看到这一切，不再感到惊奇了。

但是在节日，我们常常带着妻子和孩子坐上自己的大船，有风的时候扬起帆驶过全湖——九俄里去鱼镇，如果无风，就沿着湖岸，用篙撑着紧密的沙底，紧挨着岸边行船。弯弯曲曲的韦克萨河从湖中流出，从远处的湖岸上看去，我们平凡的佩列斯拉夫尔好像是从水中露出来的奇迹般的小城，犹如基杰什隐城似的。

我们继续顺着河漂流而下，河流非常曲折，一个渔民可以从一个弯曲处够着另一个弯曲处，把什卡利克酒手递手递给朋友。这条河的河岸很低，多沼泽，开满黄花，夏天时无法通行：地是泥泞的，有成群的虻、小飞虫、蚊子，但是在这块多水的土地上这里那里耸起着针叶林沙丘，上面长着松树，蚊子不飞到那里去。

在一个大水湾那里这样的针叶林中断了，自古以来就称它为陡岸。就在这里，在我们心爱的陡岸我们度过节日。回来的时候快活的眼睛望着亲爱的佩列斯拉夫尔。

在这陡岸上篝火旁，我不止一次与好朋友们——米隆·伊万诺维奇和加夫里拉·阿列克谢耶维奇交谈，与他们交换思想，那时我们的女人就煮鱼汤，而孩子们阿廖沙和万尼亚则从水中捕鲈鱼和狗鱼。

在这陡坡上我对自己感到奇怪，似乎你为这里的奇美而高兴，然而周围没有丝毫美的地方，没有什么可以显示的：撒满沙子的陡坡，露出根的松树，有的树悬挂着，有的树倒下了，腐烂着，满地的针叶成黑乎乎的条形躺在沙地上，但是为什么自己这样觉得，似乎世界上没有比这地方更美的地方，你知道，我们的父辈，祖辈，曾祖辈也是这样想的。

加夫里拉·阿列克谢耶维奇，我们的方志学家，从田鼠堆里挖出了瓦片、小煤块、硅箭，并就这样查明，原始人在这里煮过鱼。

"对这些瓦片和小煤块我们有什么好惊讶的？"我问，"我们对这些东西又有什么好高兴的？这里可是什么也没有呀？"

"当然是什么也没有，"加夫里拉·阿列克谢耶维奇回答说，"可是克留切夫斯基就凭这些微不足道的东西写了一本了不起的书，本身书也是这样：对有的人来说是宝贵的，而对有的人来说就是书里也没有什么东西"。

他扯到哪里去了！不过现在在战争时期你一想起来，一定会想到德国人：他也这样想——没有什么东西——并且错了。

但是在我们为自己的陡岸感到高兴的时候，就是那时敌人已经对我们磨刀霍霍了，有人知道这一点，就采取了措施，当然生活因思虑而痛苦，我们想活下去，我们不愿去想敌人正对我们磨刀霍霍这一点……

一切从在佩列斯拉夫尔建起的一座工厂开始，建造这座工厂的目的是我们事先不愿意去想的。这座工厂需要大量燃料，于是建设者就停留在泥炭地上，而优质的泥炭原来就藏在我们陡岸的周围，于是在短短的时间内就锯掉了陡岸上古老的森林，用它来盖了许多木棚和屋子。

我们的节日以陡岸的完蛋而告终。生活从根本上改变了，想起来也可笑，最初，我们的佩列斯拉夫尔人很愤懑，絮絮叨叨，像敲一下蜂箱里面的蜜蜂发出的嗡嗡声一样。我记得，一位领养老金的老人在自己的小屋子里听无线电广播，整天整天与扬声器吵骂，并因消灭了陡岸而让扬声器见鬼去了。

但是，这些普通人渐渐地变聪明了，违心地理解了事情隐含的意义，虽然他们自己不能做出直接的结论，但是各尽所能以各种方式去适应新时代。

哪怕就讲讲我们的公司：开始的时候，不仅我们中谁也不想去这个新工厂工作，甚至不再经过那个陡岸，不得不经过的话，也不朝那个方向看。

但是渐渐地孩子长大了，我们老人明白，他们需要生活在自己的时代。望着他们，我们心肠软了，对这一切成见就不予置理了。佩列斯拉夫尔人蜂拥而去工厂，我们这几个爱读书的人也不再对谁怀着不友好的态度去回忆自己的陡岸。

时间过得飞快！不久前我还把万尼亚和阿廖沙抱在手上，现在万尼亚已经农业技校毕业了，阿廖沙则成了会计，两个男孩都进了曾经是我们陡岸的那家泥炭企业，我也在那里找了工作，米隆·伊万诺维奇留在城里工厂工作，而加夫里拉·阿列克谢耶维奇战前不久去世了——祝他上天堂！

三　冰块上

现在我回忆起加夫里拉·阿列克谢耶维奇，他这个严肃而冷静的老人站在教堂捐善箱后面，无论是战争还是革命都坚持不渝，在他旁边站着他那瘦小的万尼亚，每年他都像树木似的一点一点长高。我就想——瞧谁应成为编年史编著者：教堂的教堂长加夫里拉·阿列克谢耶维奇·斯塔罗维罗夫。

但是我刚想到斯塔罗维罗夫并将他和涅斯托尔相比，我却什么结果也没有：无论涅斯托尔多么安详，但是他本身也还是与过去缓慢运动的古老生活一起移动，而我们的加夫里拉·阿列克谢耶维奇保留的仅仅是编年史者的样子，他自身却像树一样站在难以理解的生活流的岸上。

编纂编年史的涅斯托尔的形象没有诱惑我也这样停留在岸上吗？

通常你起早，集中思想，刚刚精神饱满时——突然无线电响了起来，你忍不住，倾听起来，便失去了起床时产生的思想，于是开始贪婪地阅读报纸，向人们打听什么，谛听着，怀着秘密的目的寻找失去的思想，有时候突然想起了它，不知怎么为此而高兴得过分，大概思想本身也不值得这样的狂热的兴奋。

当找到的思想又失去时，也不值得这样强烈的张皇失措和痛苦忧愁。

我就认为，像我这样变化无常是不可能当一个编年史编纂者的。

怎么办？如果坚持下去，那么就这样站在捐善箱后面，就像加夫里拉·阿列克谢耶维奇站了半个世纪，什么也没明白就离开了。

怎么办？人的灵魂宛如大海：表面上永远有风暴，而在深处却安宁平静。我多么乐意离开风暴躲进安宁，但是，在那里，在深处，既黑暗又没有空气。没有办法！必须得承受风暴。

这样我就把自己的行为榜样编年史编纂者涅斯托尔换成在北极海洋冰块上漂流的英雄。每一瞬间这冰块都可能会与另一冰块相撞，并撞得粉碎：自己救自己是不可能的，我的英雄甚至完全没有想到自己，但是这是个学者英雄，他周围全是仪器，他必须抄录温度表、晴雨表、六分仪的示度，而要将记上数据的小纸封在瓶子里，将它们放进大海，寄希望于海水的水流将它们送到人们的手里，在急急忙忙做这些事的时候研究者想到自己的唯一念头可能是：准备去死——播种黑麦。

现在我就想象这位英雄那样写，只不过不是写北方的大自然，而是写我周围不为人知的人们的心灵。

四　人口调查

已故的加夫里拉·阿列克谢耶维奇的儿子万尼亚现在在我

们泥炭厂当农艺师已经十五年了,而米隆·伊万诺维奇的儿子阿廖沙也在我们这里当会计。这两个孩子对我来说就如同亲生儿子,我的十位哲人——俄罗斯作家——就像是我的老师一样也成为他们的导师。起先几年我们住在松树下不大的工技员小屋子①里很舒适,那些松树是我们过去的陡岸美人整片地上唯一保留下来的树木。在楼下我对面,隔着走廊,阿廖沙有不大的两室套房,万尼亚在二楼也有两个房间,正好在我头顶上方,但是没有结婚前,他们在我这里度过所有的空余时间,我们一起合伙在这里过节,一起阅读我的哲人的书。

已故的加夫里拉·阿列克谢耶维奇临终前请求我别忘了他的万尼亚和教导他。但是哪里谈得上教导呀!这个万尼亚在我们农场是第一号埋头干事的人,他具有特别的能耐不去伤害凶恶的和难以容忍的人。相反,我暗中希望能吸引他参加斗争并激愤起来,但是常有这样的俄罗斯人:有智慧,有胆识,也漂亮,可是无法把他打造成什么人,当你坚决反对他,只是想让他说出自己的意见时,他就会脸红,完全保持沉默。

无论我与他读了多少书,无论弄清楚了多少,他那里始终是这样:哲人的话没有触及他内心生活的深处,他深藏不露,循着言语无法表达的另一种规律进行,但是当他与安娜·亚历山德罗夫娜·梅尔库洛娃,昔日佩列斯拉夫尔最大的木材商的女儿结婚以后,一切都可以解释为万尼亚的性格。

据我的理解,美当然是有各种各样的:一种美全在于灵

---

① 20世纪30年代称为工业区工程技术人员盖的房子。——原编注

动活泼，如燕子那样，另一种美全在于端庄，如天鹅那样。安娜·亚历山德罗夫娜是个高大端庄的女人，美人为自己选择了万尼亚，当然是因为她猜透了他，立即就明白了他那忠实的心灵，爱上他以后，她确定他永远是属于自己的，万尼亚也马上就确定了：在听从安娜·亚历山德罗夫娜的同时，他立即给自己找到了永久性，就像他父亲加夫里拉·阿列克谢耶维奇在同一个墓地教堂的捐善箱后站了半个世纪以后，当然，也感到永久性一样。

阿廖沙完全是另一个人。加夫里拉·阿列克谢耶维奇周围闪耀的端庄体面和静止不动，我觉得，几乎从童年起就使阿廖沙厌弃，由此大概才有他的淘气，当然，他可以从自己的父亲——相信托尔斯泰宗教学说的人那里继承自由思想，但是米隆·伊万诺维奇的自由思想只配加夫里拉·阿列克谢耶维奇来听：请在托尔斯泰思想的影响下度过十年。后来又受陀思妥耶夫斯基思想的控制，就这样总是处于某个人的思想统治之下。

但是阿廖沙的一切全出自于自己的想法。

我回想起，在加夫里拉·阿列克谢耶维奇的家里，在他的花园里我们遇上了人口调查。主人刚割了蜜，我们坐在苹果树下桌旁喝加了蜜的茶。我不记得因为什么事情加夫里拉说：

"我们佩列斯拉夫尔当局没有永久性。"

噢，想起来了：关于永久性的谈话是由米隆·伊万诺维奇开始的。他问，现在他在哪里能买到空蜂箱作蜂房用。原来，在卖空蜂箱的房子里现在是储蓄所，而这个储蓄所一年中已经搬了六次，听说储蓄所搬六次后又被养蜂协会赶走了。加夫里拉·阿列克谢耶维奇立即就说出了自己的坚定想法：佩列斯拉夫尔当局没有永久性，于是调皮的小男孩阿廖沙脱口而出：

"任何事物都没有永久性！"

"怎么是任何事物，"加夫里拉发起火来，"上帝呢？"

加夫里拉刚刚变得脸红耳赤，要大发雷霆和抓顽童的耳朵，突然几个做人口调查的姑娘走进花园。她们在花园里碰上的所有人都应该立即填写全苏人口调查表。

于是阿廖沙在姑娘那里拿了自己的表，狠狠地瞟了加夫里拉一眼，在"信仰"一栏填上了：不信教。

"就是不听你，你什么也管不了！"当他要把自己的表格交给加夫里拉时，脸上就是这种表情，于是角色变换了：老人刚想抓男孩的耳朵，突然男孩自己抓住了他。

我的心因同情而揪紧了：老人长满银须的脸本来像孩子似的细腻，微带红晕。总是开朗平静，现在变得煞白，痛苦得变了样。

"阿廖沙，"他站了起来，故作亲切地说，"拿着自己的表格，我们到屋子里去一下。"

不久，我们看到，两人从台阶上下来回到花园。加夫里拉很高兴，而阿廖沙垂下眼睛，脸上挂着泪水。加夫里拉平静地收齐我们大家的表格，把它们交给人口调查员姑娘。我们喝着茶，彼此间对这事只字未提。

只是在加夫里拉去世后，有一天阿廖沙打开了话匣子，他当面对我一个人承认：加夫里拉强迫他划掉表格上"不信教"的字眼。他是怎么强迫的呀！他们走进屋子后，老人让阿廖沙坐到桌子旁，在他面前放上表格，自己则跪在阿廖沙这个顽童

面前前,哭着恳求他:

"阿廖申卡,别毁了自己的灵魂!我亲爱的,不能写自己是不信教的!以后就不能否认这一点了,这是一辈子的事,是永久这样了,我跪着求你,划掉!"

永久对阿廖沙来说是可怕的,但是比永久更可怕的是这个双鬓染霜的老人跪在他面前。

他就划掉了。

但是现在我想,正是这时在他身上诞生了一个后来敌视永久的人,准备献出遥远的永久的人,只要现在能让跪在他面前的老人站起来……

阿廖沙与一个有着一双蓝眼睛、淡黄发的佩列斯拉夫尔姑娘米洛奇卡结了婚。这姑娘像只小鸟,自由的小鸟。我看了他们一眼,想起了过去,并想,大概这桩婚姻也没有永久性。

五　我们的房子

我问,现在,没有体验到两年半战争相当于往昔正常的一百年,也许,甚至一千年的人,这算什么人!大概,这就是为什么现在要概述战争前的一切是多么困难的原因。

现在,头脑简单的我,一个亲手盖起了一座小房子的主人,开始理解战争中的人:我认为,他们在那里,在战场上,每个人都有活下来的愿望,以后,战争结束后,将幸福地和家庭一起在熟悉的童年起就热爱的我们广袤祖国的一角安顿下来。

正如所有这些愿望构成共同的事业一样,我从我们镇上的情况理解到:我们中每一个人盖房子是为自己,结果却有了镇,过几十年我这座小屋子的居民将认为它是自己的，于是发现，我砍树不止是为自己，也是为了他。

但是，那时，在战前，我砍树完全是为了自己。也许，还要过许多年，直到在这座小屋子里住着别的什么人。

相反，在战争中，在前线，有关自己的理想一瞬间就变成了另一个：再见，同志，祝你幸福！——一切便告终了。

一想到战争中很快就把自己变成另一个人这一点，很难来叙述那个时候。那时一边建着屋子，每个人想着自己会永久这样。在战争期间我们经历了许多，以致现在要我为自己盖房子的话——我没有勇气像那时那样，去找经理请求他给我树木。

六 拥挤，但不抱怨

我们开始盖房子，当然是因为太拥挤。妇女们经常抱怨，因为她们挤在一个公共厨房里做饭。在我们小小的两层楼房里住了六个家庭。这还是最幸运的：我们住的是工技员房，别人住得更拥挤，但是我应该说，虽然我们住工技员房有比较好的条件，可抱怨和责怪却比住得更拥挤的人要多。

在十分拥挤的地方人们似乎更多看重食物而不是住房面积。相反，我们中许多人宁愿吃不饱，也要在住房里有自己的一个角落，我不是用我们特殊的天性或所受的教育来解释这一点，来自农村的工人真正舒适的生活是在自己农村的房子里，这里他不过是暂时住的，我们则相反，无论谁都一无所有，这种拥挤的生活对我们来说不是暂时的：而是我们经常的全部的生活。

可是，即使处于这样的条件，怪人用自己的睿智安慰我们："拥挤，但不抱怨。"如果在一个炉灶上有六只煤油炉烧，而每一只煤油炉旁不是一个而是两三个女人：妻子、岳母、奶奶和侄女、外甥女、妻姐妹，怎么能不抱怨呢？

当然，我不想对我们的妇女说什么不好的话，除不多的人以外，所有的人都很好，很可爱。但是拥挤使她们感到难受，拿我们米洛奇卡·柳德米拉·米哈伊洛夫娜来说：小巧的少妇，最好说是姑娘，整个儿就像是插在小罐里、长在绿茎上的勿忘我花。她总是快活、亲切、善良得可笑，常常只是听到喊："米洛奇卡，把煎锅送来，米洛奇卡，拿点水来。"她就这样没完没了地给大家做事，对大家都很亲切，可同时却得到不少责怪。

不！不！不论老师说什么温顺和忍耐，我知道，无论谁都不会使我糊涂：拥挤和见怪是有限度的。

农艺师万尼亚的妻子安娜·亚历山德罗夫娜也是这样的人。她是个有三个漂亮孩子的高大的美人：当美传播并且自由和高兴得像权利和财富一样转到别人身上时，您就知道美的那种力量。当她走进厨房时往往像是增添了灯光似的，而出去时眼中噙着泪，满面红晕。

莉季娅·费奥多罗夫娜也是，她是个护士，有条理、整齐、仔细的女人，总是嘲笑我们的主妇老是要找什么东西。当然，不是大家都喜欢这样，莉季娅·费奥多罗夫娜常常因自己这种德国式的整齐遭到强烈的俄罗斯式的反击。她几个星期、几个月，甚至几年都忘不了自己的委屈，总是紧闭着嘴唇。

刚才我举出的是几个最有意思、最可敬和美丽的妇女。可是到处都一样,也有凶恶的猫,有从不闭嘴的老太婆,有活僵尸,甚至还有一个果戈理笔下的真正的女妖妇。

好啊,你这个鼓吹温顺和忍耐的人先到我们的厨房待一会儿,给自己做顿饭,然后再说"拥挤,但不抱怨"。

我们这里没有丝毫的和谐,像通常在这种情况下那样,生活渐渐地变成完全失去和睦并迫使人们聪明起来。

我们的厨房里发生了后来无论谁都无法连贯地讲的事。似乎是这样:女妖变成了猫,而猫把盛有煮了三天的汤的大铁锅打翻在燃着的炉灶上,一时升起蒸汽遮蔽了厨房里的一切,当蒸汽散开后,大家看见:翻过来的大铁锅套在我们古板的护士莉季娅·费奥多罗夫娜头上。

就是那时,可敬的美人安娜·亚历山德罗夫娜双颊绯红,胸部颤抖,走出厨房,找到自己的农艺师,斩钉截铁地说:

"伊万·加夫里洛维奇,现在就回家去,让我做资本家太太吧:我再也不到厨房去了!"

"马上,好朋友,"万尼亚回答说,一边去搭炉子。

七 骑墙态度

从与安娜·亚历山德罗夫娜结合起,据我看,万尼亚像幸运的采金者为自己找到取之不竭的矿床。我们现在难得有这样的幸运儿:他们在命运决定的妻子身上给自己找到了第二个母亲并像小孩似的听从他,像小孩与母亲一样与她生活一辈子。万尼亚就是其中的一个。

我暗示的正是他,古老俄罗斯信条"拥挤,但不抱怨"的捍卫者。信条本身并不坏，如果在这种意义上理解它：需要认为我们的心灵状态不好是我们抱怨的第一原因。但是像伊万·加夫里洛维奇这样的人得出的结果似乎是，即便是拥挤也不应有抱怨，也就是说，不应与拥挤本身作斗争，而只要调节好我们日常生活的关系。

在我们生活的这二十年中我把孩子们吸引到阅读中来，在漫长的夜晚，我和他们一起研讨我们的十位俄罗斯哲人提出的摆脱精神困境的问题。令人惊奇的是，一年年过去了，我们的争论并没有停息，相反还越来越激烈。

万尼亚固执地反复说明，可以解放人们，只是在某种程度上他们内心是要自己解放了自己，也就是说，只有在自己身上才能找到走向善的出路。

"应该从自己开始，"他说，"需要学习这一点，用现代语言来说，这叫做'动员内心资源'。"

"我们知道你们神父，"阿廖沙回答，"坐着喝茶并谈论动员内心资源，而要是真正动员了，即便我不是我，马也不是我的马，自己就溜走了。"

"好，这当然是你的真理，我们这里也经常是这样的，"伊万·加夫里洛维奇对真实的话好心地报以微笑说。

这些人并非出于恶意引起争论，而是，老实说，战前我们还有时间在喝茶时用自己的温和的语言空战一通。万尼亚在这种不伤害人的斗争中所持的出发点是自己天性中积存的东西，他只选择新的事物中好的因素。他就这样积累起像泥炭一样的精神财富：活着——积攒着——在自己心里形成了财富，犹如在森林中形成泥炭一样。

但是我可怜的阿廖沙碰到每一个新思想并自己体会着。

在我们大家离开工技员屋子到各自的角落去之前，我们有一场非常好的争论。一切始于谈论我们城里要恢复教堂，一切已准备就绪，仅剩一件小事：怎么都找不到神父，来过一个，很老了，抱怨牙齿不好，说没有牙齿，也没有嗓门。教民们按信教人数每人一卢布凑了钱，为他装上牙齿，可是等装上了牙齿，则发现这根本不是神父。

我们都嘲笑这件事，这时阿列克谢·米隆诺维奇开玩笑说：

"你看，伊万·加夫里洛维奇，你倒会成为一个出色的神父：牙齿是好的，教民不用给你装牙齿。"

伊万·加夫里洛维奇一方面暗示阿廖沙常常在政治经济学和其他方面寻求救兵，一方面对此争论回答道：

"阿廖沙，我建议你加入共产党：那里宣传唯物主义，你会成为一个无私的好共产党员的，你的骑墙态度在那里也很适用。"

"骑墙态度"这词在我们的思想争论中总是意味着精神崩溃。听了这话，阿廖沙突然脸色变了，在房间里迈起步来，仿佛在思考，他是否应该说些什么自己的意见或表示沉默。来来回回走了几趟，他停了下来，用陌生的探究的目光看了我们一眼，下决心说：

"关于骑墙态度，我认为，多半是你们神父有骑墙态度，要考虑上帝和帝王，而唯物主义，如你说的，是纠正这种两面算法。这里只有一条路通向真理。总之，我暗自准备跨出这一步已经很久了,现在我解决了:我已经是候补党员了,你说得对:我会是一名不错的共产党员。"

这时轮到万尼亚困窘了,这对他来说是完全出乎意料的,他的眼睛盯着自己的茶碟,轻轻地问:

"那么,阿廖沙,过去与你的争论和达成一致怎么说?"

他没有多说什么,再说也不必要,阿廖沙那灰色大眼睛盯着自己茶匙上的亮处说:

"有什么办法!我们必须得分手,我们的教堂很快就开了,乞丐会从四面八方聚拢来,你给他们每人一戈比,划十字,也许给三卢布,并说:'给大家',然后你走进教堂,自己作祈祷,而乞丐就分了钱。"

"你认为这有什么不好吗?"

"请原谅我,我不过是不会这么做,我应该多少是严肃地,按现代精神摆脱这些以基督的名义聚集起来的畸形人。"

"对你来说施舍有什么不好,什么地方不严肃了?"

"依我看,不严肃的地方是,这样的施舍时代已经远去了,现在这是骑墙态度的事情:用施舍解决不了贫困。"

"你在胡说些什么呀,阿廖沙!"

"是的,你仅仅是用自己的施舍来安慰自己,而所有真正现代的慈善家——这是些经济学家和老板,这比你给三个卢布要困难些。"

伊万·加夫里洛维奇眼睛依然不离茶碟,轻轻地问:

"你全说了吗?"

"没有,没全说。你想喝一口茶就顺利地解决所有的问题！你想像忏悔时向神父倾吐罪孽那样，而他则说：'上帝的奴仆，一切都会得到宽恕的'。被宽恕的奴仆什么也不明白就走了，忘记了一切，而我要祈祷：要明白一切，什么也不忘，也不宽恕。"

"怎么能这样：不宽恕？"

"就这样：我想活着，不宽恕主要的敌人。"

我承认，听着孩子们的争论，我自己，作为他们的老师，很困窘。我暗自逐一回忆我所有的导师——十位哲人的思想，没有找到他们中的哪一位曾教导不宽恕。

"哎，你这个不可宽恕的奴仆，"伊万·加夫里洛维奇说，"你就试试看，如你所想的，做一个不可宽恕的奴仆，有什么办法呢，我们只能分手。"

我看了一眼阿廖沙，这时他的脸多么漂亮，容光焕发。我心里明白：他并非出于自己的意愿，也并非因为调皮而与上帝争论。显然，他应该这么做。

八　真理的钥匙

我们男人之间的最后一次争论和厨房里女人的最后一次吵架是同一个时间，这突然使我们得出了摆脱拥挤的办法：阿列克谢伊·米隆诺维奇获悉安娜·亚历山德罗夫娜决定挤自己的生活，把厨房设在房间里，他认为这种摆脱拥挤的出路是不对的。如我们这里说的，"他是讲原则"：他召集我们大家到经理那里，善于使领导和大家信服，必须与拥挤作积极斗争。

如果我们所有的领导不在，我深信，伊万·加夫里洛维奇怎么也不会让阿廖沙的"在与拥挤作斗争中采用的外交手段"取得胜利，但是伊万·加夫里洛维奇的内心思想很少越出我们工技员小屋，而且对全体会议怕得要死。当事情进行到表决时，伊万·加夫里洛维奇自己举手赞成建一个镇。在友好协商一致后，我们每个人得到一块林中的地。那时，在战争前夕，建设这样的镇是很受鼓励的。这是正确的：除了有益以外，没有什么别的。

开始为自己砍树盖房。当然，我们中最勤劳的便是阿列克谢·米隆诺维奇，他每天都带上一个农庄庄员的好朋友，当大家看到，他的事进展得非常好后，便也各显神通，砍树盖房，但是不论怎么样，镇子终究在某一天盖好了。我们大家像朋友一样集合在冰凉的泉水旁庆祝小人物战胜了平庸的生活。

这股泉水非常漂亮：清澈凉爽的水从一块石头上流到比它低一俄尺半的另一石头上。水落下来发出各种调儿的音乐声，这要看水流的力量，在夜间寂静时，这声音充满了整个树林。离这不远处还有一些泉水加入到奔腾的流水中，我们著名的韦尔图诺克溪流就发端于此，它横穿整个树林。

在庆祝我们的胜利之日时，我向我的孩子万尼亚和阿廖沙提到克柳切夫斯基对俄罗斯大自然的出色描绘，他笔下也有这样的韦尔图诺克：在树根和石头之间蜿蜒曲折，适应着环境，流淌着俄罗斯的真理之泉。经过痛苦的斗争之后最终奔向大洋。

"朋友们，"我第一个祝酒，"让我们为真理干杯，并且就叫这泉水、这镇子为真理。"

"我们叫'真理泉'！"阿廖沙喊了起来。

"在莫斯科附近的镇子和车站已经有这样的名字了，是纪念'真理报'的。"万尼亚说,"我们干吗要重复,我们最好叫'正确的道路'。"

于是,与我们在一起的建设者——我们农场的职员和工人,每人都想一个集体农庄的名,在哄堂大笑中发现,在苏维埃俄罗斯有大量的"正确的道路"这个名字。

"而'真理泉'将是独一无二的,"阿廖沙说,"就让那里,莫斯科附近有'真理'站,反正真理泉是在我们这里的。"

这以后大家一致通过我们镇的泉水命名"真理泉",这样在与万尼亚的斗争中阿廖沙又是胜利者,于是万尼亚如通常在这种场合下那样,宽厚地微笑着举手赞成"真理泉"。

"我们之所以提议'正确的道路',"他说,"是因为真理——这仅指人们之间,比真理更重要的还有真实,正确的道路可以是通向真理,也可以是通向真实的道路。"

"不,万尼亚,"阿廖沙急忙说,"你的'正确的道路'的名字有无数个了,任何事物都可以高高兴兴地隐藏在这个名字下,而'真理'这名字显眼,真理泉在我们这里是独一无二的。"

在我家里,坐在桌旁,当着许多人的面,这场关于真理和真实的争论通常是不可能激烈起来的。但是了解阿廖沙和万尼亚的人能够清楚地理解他们的暗示。阿廖沙喝干了一杯酒,现在称万尼亚的真实是药房,有些人去那里买安慰和宽恕罪过的药。

"去药房买真实的是消费者,"他说,"他们明白,有人为他们劳动,痛苦,因此他们自己能平静地生活,不用个人努力,而不作个人努力是不可能生活在真理中的,在真理中只有生产者才能生活,这就是为什么它会刺激所有的消费者。"

九　在蓬松的枕头上

老实说,这场争论我没有听到底。我在柔软蓬松的枕头上安顿好,蜷曲着躺着,梦见了《一千零一夜》也许是《蓝胡子》里的壮丽的宫殿,在这座宫殿里有许多房间,无论你想要什么——全都有,但是只有一个房间禁止进去,威胁说一进去,整个这个神奇的城堡就将消失,在这被禁止的房间门上写着"真理"这个词。

于是我有一种错觉,仿佛被禁房间的钥匙在我的口袋里,由此我感到,整个宫殿全看我的意愿:我听从——一切都好,不听从,胆敢去开门——马上一切就完结。

但这并不是那种意思:门后没有真理,而是真理不会白白地给人:我打开门——要付出全部劳动。不,你自己要劳动,为真理服务,创造这个真理——关键就在这里:你创造——门就会自己打开。

但是,在真的梦中我多半见到的只是《一千零一夜》中有着被禁房间的宫殿。存着真理的一切,大概是在自由地遐想有关梦的内容时的似梦非梦中。

同时对我来说,这就是发现了写作的目的:当你按真理写作时,那么所写的东西对读者来讲没有趣,而当你杜撰时,则会很吸引人,你就高高地凌驾于大地之上,但是按我天生的勤劳和诚实,一想到真理,一切便都瓦解了,所写的东西便成为荒唐的杜撰,因此我总是感到写作特别难。

但是现在,当我做了梦,口袋里有真理的钥匙,我就变得随便虚构多少都是可能的了。

有了真理的钥匙,人们会相信我,即使我说,很少有鸟能飞到第聂伯河中间[①]。

十　春风

现在是1944年不很冷、常解冻的冬天,常常吹拂着温暖的南风,犹如过去我们那里三月下半月那样。有时候,你的脸颊接触到这样的微风,心会因为特别兴奋而激烈搏动,仿佛在所有人面前为你辩护的春天很快就要来临,不是你一人而是所有的人都将感到很好,也就是说,你的兴奋不是为自己个人,而是为所有的人而兴奋。

只是现在,当暖风提醒人们春天临近时,我对自己感到奇怪,我怎么能像一只心满意足的小狗那样,靠这样的理想——仿佛你觉得春天好,便大家都觉得好——而生活。

现在我怀着特别的敬意看待那些为数不多的人,他们不相信春天、太阳、整个大自然,而凭自己人性的深度知道,在路上将面临什么样的不幸。我敬佩那些有先见之明的人,但是不羡慕他们并且多半是在将来,在不幸过去之后,因为自己的软弱又回到过去,认为像小狗那样生活比预测未来要好。

但是现在,即使是那个时候最美好、最高尚的感情,我都觉得如理想之船那样:来了,露一下脸,便永远离去了,而我这个可怜的人,赤足站在又冷又尖的石头上。

---

① 果戈理小说《可怕的报复》第十章中不准确的引文。——原编注

只不过别认为我灰心丧气，再也不等待自己的船了。我甚至十分有把握地知道，我的船迟早会来接我，但这将不是理想，而是将可以乘坐和航行的船。

十一　在养蜂场

现在我继续讲述，我们怎么来到自己的地段，不久我们怎么措手不及地遇上了冬天，但是我们非常想待在自己这里，认为没有炉子挨冻比回到原来的地方要好。

但是远在冰融雪消之前，就在太阳开始像夏天那样照耀而冬天开始结冰后，我们就闻到了春天的气息。有时会露出细细的红霞，根据它可以猜到，太阳已经向夏天移动，从出现标志着光的春天降临的这红霞起，我们就开始燃起热情，期待真正的春天到来，那时乌鸦和公鸡会放声啼鸣。

终于一年中所期待的季节来临了，开始忙着给地上施肥，精心料理菜园。彼此相遇时，满脸快活地问："喂，怎么样？"耐心而关切地听完邻居长长的叙述，怎么摆脱了小虫子，拯救了白菜秧，或者他幸运地搞到一匹马和给小土豆培土。就这样，渐渐地在农场，在集体农庄的田野上黑麦开花了。

在黑麦开花最盛的时候，金黄色的花粉像巡游的云朵在田野上空飘过。我碰上了美妙的休息天，从早到晚我用早已储备好的树条围我的地块。随着地被围起来并成为我的地，我觉得，仿佛我变成了植物，我的根往深处伸得很远，而茎则向着太阳往上长，就像所有的花朵、树木和黑麦的麦杆一样。

于是我就觉得，仿佛我自己既非像麦穗也非像根与大地母亲的深处联系起来的小树。我的蜜蜂像两股变黑的柱子——一些飞去采蜜，另一些满载而归，而我的理想之船也和它们一起出发和满载着宝贵的收获归来。

　　结束工作之后，我坐到石块上休息。工作日结束了，飞走的一股蜜蜂变得越来越细小稀疏，而飞来的一股则越来越粗大。一只田鼠从洞穴里伸出胡须，爬了出来，肥肥的，顺着垄沟慢慢前行着。天色越来越暗，最后我发现，有一双眼睛正透过云杉望着我：这是猫头鹰，在那里，在云杉里面，等待天黑。

　　突然在我面前不知从哪里出现了三吨重的卡车，从里面走出一个瘸腿的小个子，他戴着司机帽，穿着油迹斑斑的连衫裤，装作有教养地对我说：

　　"科学教授公民，请让我过夜。"

　　我看了他一眼，听他怎么搜索词语，我觉得他很可疑。

　　"您干吗要请求进屋里过夜，"我回答说，"这个时节外面每一丛灌木都会让你过夜的。"

　　"人类生活在世界范围的，这种情况下，"他说，"您拒绝我怎么不感到羞耻？"

　　"您就睡车里吧。"我说。

　　"在车里我怎么睡？你看看，我是什么样的腿：在车里无法伸直，我的腿就会麻木。"他又说他那一套话：

　　"我真惊奇，您对世界事件怎么没有反应，全世界这样紊乱，人们会变得善良。"

　　"什么样的紊乱？"

　　这时他终于悟到，我对具有世界意义的事件丝毫不了解。

"我明白,"他说,"您在养蜂场这里,对大家的不幸丝毫都不了解,让我过夜,我马上就全告诉你。"

"我让你过夜,"我回答他,"只不过要尽快说,如果有什么说的话。"

于是他像胜利者那样冷笑着,说出来的话令我震惊:

"今天,六月二十二日,德国人进攻我们,从巴伦支海到黑海,所有的德国人都出动了,对俄罗斯城市之母基辅已经扔炸弹了。"

我的爷爷,我的金色蜜蜂,林中的浆果,蜜环菌菇,再见了,亲爱的!

我胆战心惊,我的理想之船漂走了。

当然,我就让善于辞令的司机过夜并把我这里所能找到的东西给他吃了。就是从这次起,我开始感到,似乎大房子是为全人类建造的。而我只有可笑的小房子,没有炉炕,只有一只小铁炉子和代气窗用的排气的铁片。

十二 不幸临头就开门

这一次我们没有彗星。那次卫国战争,法国人打到我们这里来,过了五十年,列夫·托尔斯泰在自己的《战争与和平》中没有忘了这颗彗星,要是这次卫国战争中也出现带尾巴的星,我大概也不会忘记说它,就像涅斯托尔在编年史里经常做的那样。

我自己记得,在1914年第一次世界大战炎热的日子里,田野上的螽斯前所未有地多,它们吱吱叫个不停,夜里叫,睡下了叫,耳朵里始终响个不停。现在过了三十年,只要想起那次战争，耳际便开始响起吱吱声。

这次战争中没有彗星，没有特别大的雷雨，也没有能预知的蠡斯。这次战争中人们就是看天空多半也是出于害怕——是否飞来了敌人的飞机；在地上也不是听蠡斯的鸣声，而是寻找地方躲避炸弹。人的生活燃烧起干烈的火焰。

眼泪！谁从未见过俄罗斯妇女怎么送自己的丈夫和孩子去战场，那就在这个时候来吧，他自己也会哭的。

在普通人中间女人的泪水历来能浇注战争和火焰。我们的女邮递员阿里莎为自己的斯捷潘特别悲痛欲绝，撕心裂肺，号啕大哭。

"别了，我的主人。斯捷潘努什卡。"

而斯捷潘自管自站着，装出一副满不在乎的样子，还对什么人眨眼睛，竭力克制姑娘的眼泪引起的伤感，在众人面前显出是个好汉样。

但是也常有这种情况，有的女人仿佛因痛苦而显得漠然，没有用泪水来吸引别人对自己的注意和同情。我们镇的第一美人，高大端庄的安娜·亚历山德罗夫娜就是这样送自己丈夫万尼亚的，仿佛她一辈子就只是等待着与不幸进行你死我活的搏斗，现在它降临了，真正的不幸。

不幸降临就开门！

美人没有对万尼亚流一点泪，她为痛苦打开门，走到村子外，这个时候的黑麦如开花时那样，黄澄澄的，但是麦秆还没有由全绿变成黄。当丈夫和妻子走上曲折的小路，就仿佛淹没在碧蓝的海洋里，谁也看不见相爱的人是怎么告别的。

谁也没看见她脸上的泪水,她的脸很严峻,一双褐色的眼睛犹如两盏灯使这张脸神采奕奕。她送他到农场,在那里像对自己的孩子似的拥抱了他,划了十字,然后就这么回到孩子那里,开始洗衣,收拾,仿佛根本没有发生什么特别的事。但是大家发现,她的脸一天天地变消瘦了,整张脸具有新的严峻神情,流露出新的含意。

有时我自己记得,她的哪个孩子大哭起来时,她抱起他,把他搂在自己胸前,重又放下他,笑起来,从旁欣赏他,就像画家看自己的作品:她知道这是自己的,又似乎已经不是自己的,他比她自己漂亮得多,这简直是奇迹,而不是画,不是孩子。

现在,当孩子哭起来,应该抚慰他时,她就抱着他,俯向他,很严肃地望着,仿佛透过他望着什么地方,在那里她看到了他的命运并为这个只有她知道并使母亲伤心的命运而忧伤。

望着这样的脸,我就以新的理解想起自己已故的母亲并对她感到惊奇,为自己心都揪痛了。当我与她一起生活并望着她时,我没感觉到什么,她也是这样伤心地望着我,在这种看透一切的伤心目光中,我这个不肖子是个骗子。

但是,如果说从那时起已经过了五十年,我依然感到痛苦,这就是说,那时在我身上有过最美好的感情,正是靠这种感情,现在我把这张脸唤到自己面前。

也许,那时她能在我身上看清这好的方面,她伤心是因为她预见到,为了从心灵深处唤起美和善,我在一生中需要承受多少痛苦。当她望着我并越过我望向远方什么地方时,我彻底看清了这一点。

但是现在心上像被砍了一刀!正好,当她这样望着我并忘情其中时,在这神圣的时刻,我闲着的两只小手从桌上她打开的钱包里给自己偷取了二十戈比钱币。

十三　甲虫和燕子

现在母亲就到万尼亚这里来了,而小鸟则飞到阿廖沙这里。

她完全很年轻:小巧的妇女,最好说是姑娘,整个人就像是绿色茎上的勿忘我花。

使大家感到惊讶的是,就是这个米洛奇卡被公认为不是女人,而是小鸟或花朵,她为丈夫洒下的痛苦的眼泪,甚至比所有普通的婆娘还要多,简直就是个泪人儿。无论谁都不接受这些眼泪,不相信这些泪水,有些人干脆就说,这不是眼泪,而是鹅身上掉下的水,毫不稀罕。她的痛苦就如鸭子身上的水,抖一下身子就干了。有些人甚至用阿列克谢·米隆内奇穿的制服来解释这些眼泪:穿着新制服的会计突然变成体态端正和漂亮的军人。

就这样,除了我和安娜·亚历山德罗夫娜,大家很简单地理解米洛奇卡:她就是一只小鸟,一只小鸟,但是我为这只小鸟感到心痛!我回忆起,我曾经有过自己的小鸟,而且非常习惯于这只小鸟,每天你到田野去,这么漫不经心地望着:小鸟在高空翱翔——你设想着:那就将是晴天,飞得低低的——就将下雨。

但有一次,我昂首仰望,在电话线上停着一只燕子,很近,只是手够不到，它是那么漂亮，难以形容，因为关键不在于它有各种颜色，不在于白毛上的红颈，不在于闪着霓虹的黑背，不在于尾巴像叉子，不在于抓住导线的爪子，而在于在我身上闪烁的那种想法，这是对这只小燕子奇妙色彩和形态的回报。

我觉得它是那么的漂亮，使我一辈子都感激不尽。刚打算在心里发誓，即使最大的不幸不可避免地降临到我头上，我也不会忘却这一时刻，要颂扬和感谢这一刻。我向上一看——在电话线上已经什么也没有了：我的小鸟已经飞走了。

但是，谁不曾有过这样的事呢！我讲述这一切只是为了让每一个人记住，由于大家共有的一只小鸟，在他的心里也会出现自己的漂亮的燕子。也许，为了变成我说的意义上的燕子，甚至每一只这样的小鸟一定会遇到自己的特别的唯一的赏识者。至于说米洛奇卡的唯一的赏识者是我们的阿廖沙——我很怀疑。

通常阿廖沙坐在桌旁，即使在休假日，不是算什么账，就是作出决定采取什么行动并把这写进自己的日记，而这时米洛奇卡在他喝茶弄脏了漆布后手拿抹布擦去污迹。

米洛奇卡身上经常搏动着一颗心，像小鸟一样，她很漂亮，有一双蓝色的眼睛，美人俯向他的头时，也许，她那金褐色的头发弄痒了他，他甚至用一根手指搔了一下脸上这个地方。

米洛奇卡暗自猜测着：他清醒——我将爱，不清醒——就不是那个人，但是不能因为结果"不是那个人"就离开啊！

她把娇嫩的小手小心翼翼地放到他头上并仿佛忘了拿开，而他在沉思中轻轻地把她的手拿开了，额上的皱纹皱得更紧了，仿佛米洛奇卡不是人，而是翘着尾巴的小猫依偎着，喵呜着。

"听着,阿廖沙,"她说,"今天是休息日,我和你一起去索罗金树林采马林果。"

他向她抬起灰色的大眼睛。

"米洛奇卡,你说什么?"

她什么也没回答,只是望着他。她的脑海中又转着一个想法,"不是那个人,不是那个人,我从出生以来期待的不是这样的人。"

"你说什么?"他问。

"对聋子是不做两次弥撒的。"她回答。

这时,他听清楚了问题,只是不能马上从自己的紧张思绪中把它理出来。

"你好像想去树林采马林果?"他说。

于是她心里升起一股怨恨,有一种无法克制的愿望要对他做什么坏事……

有时候,她会做,而当做了许多不愉快的事时,他总是望着她,而且是用一双负疚的眼睛望着,于是她突然自认一切都是她的错,因为她曾暗自想过他"不是那个人",她故意打翻墨水瓶。过去也会想起这些事,她就会非常怜惜他,她把自己这种病态的怜惜当作爱情,就会开始吻他,掉眼泪,带他去树林采马林果,使他动起来,他就会清醒过来,多么活泼,充满爱意,全无愧疚,犹如在急速飞翔的燕子面前甲虫是无罪的一样,它不能主动脱离地面,长时间在草丛里乱逛和嗡嗡叫,直至打算伸开翅膀。

现在米洛奇卡送阿列克谢·米隆诺维奇上前线,无法安慰地哭着。只有我和安娜·亚历山德罗夫娜明白,米洛奇卡哪来的眼泪：她要用这些泪水洗去过去的"不是那个人"的想法，却又无法洗去。大概，对她来说阿廖沙真的"不是那个人"。

十四　杂草

联结着几千年人类生活的我的十位智者的语言宝库，我觉得，永远是取之不尽的，但是每个触及到这个宝库的人的聪慧的灵魂总是要争论一番，直到永远同意什么为止。

就这样，今天我读到，播种者的种子有的掉到好土里，有的掉到石头地里①。读着这些话时，人们离开我们去参加伟大的战争，我就把这些人理解为种子。

我头脑里冒出这样的念头：关键不仅仅在于是肥沃的土壤还是石头地，而在于种子：在任何种子中，即使是最好的拣干净的种子中也一定会藏有若干杂草种子。

在肩负着编年史者良心的我面前就产生一个问题：我能否像记述播种者的小说里那样忽略杂草种子呢？如果只字不提杂草种子，我一个编年史者就脱离了生活的真理。

想到涅斯托尔和他的神灯后，我想着房间里的阳光和在阳光中显现的房间里的无数尘粒。是的，我想，在涅斯托尔的神灯的光线下当然可以想怎么写就怎么写，可以根本没有尘粒，而我们在大自然的光线照耀下却不可能这样。想到这一点，我回想起我们的阿尔秋什卡，我远亲纳塔莉娅·阿尼西莫夫娜的丈夫。

---

① 源自《马太福音》，第十三章，5，6，8行。——原编注

阿尔秋什卡这个人不是本地人，而是派来的，在各种职务上打转，就像煎锅上的魔鬼：在一只锅上被煎了，就跳到稍冷一点的另一只锅上，这里又热了，就到第三只上。每逢见到他，我无论怎么努力去捕捉他的目光，总是办不到。这个人行动迅速，很能干，你对他说什么——马上眼睛就盯住一个人，一起弄明白事情，大家怎么做，彼此相信多少，你眼睛还来不及眨一下，而这个阿尔秋什卡，贸易代理，就按他的方式把你看透了，你什么也没有——既无货又无人。

多少回抓他坐牢，又放出来，他又在一个地方灵活地转来转去，让有益的事情来证明自己的清白，也不忘自己。刚刚放出来——你一看，又变糟了，又有传闻："阿尔秋什卡落网了。"过了一个月又有传闻："阿尔秋什卡恢复自由了。"

让人伤脑筋的人，不讨喜的人。可是当你想到我们这里谁能代替他，却任何人也代替不了。突然战争爆发了，阿尔秋什卡也被征入伍。真不愿意相信生活中没有阿尔秋什卡，但是他跟大家一样，告别了自己的妻子，把家留给了她的公公。

娜塔莎，我的侄女——上帝让这样的人结合到一起——是个最朴实的人，怎么说呢？———就其朴实而言是个好婆娘，她没有任何家庭的秘密，也没有婆娘的弯弯绕心思，她那纯洁清澈、兔子般的眼睛望着你，犹如做忏悔那样把什么都告诉你，跟每一个人商量，仿佛每个人都有一个良心，只有她一个人有片刻惘然若失，所以请求帮助。她这样结果不错，每一个人确实都帮助她。她就这样生活：跟所有的人商量所有的事。现在阿尔秋什卡被征入伍了，她就来找我。

"阿列克谢叔叔，我找你出主意。"

她，圆滚滚的，善良的，靠近我坐到板凳上，手搭在我肩上，头靠在我胸前就哭起来，接着便号啕大哭，怎么都不能使她平静下来。

"好了，亲爱的娜塔莎，说吧，说吧……"

"怎么说呢，这可是秘密……"

当然，我向上帝发誓，她才向我讲了一切。她一旦放宽了心，那么以后很容易就对大家讲起来，所以很快镇上都知道了这个"秘密"。

这个"秘密"是这样的：与娜塔莎告别时，阿尔秋什卡对她说了这样颇费解的话：

"你记住，老婆，我不会被子弹打死的。"

"你怎么能知道这样？"娜塔莎问。

"我怎么知道——不关你的事，你只要记住，要守口如瓶，你要不守住——我回来就打死你。你要知道，如果寄来盖上章的公文：'阿尔乔姆失踪了。'——别相信，你自己知道：阿尔乔姆活着。"

"嗯，要是寄来阵亡通知呢？"

"不会寄来的：我不会被子弹打死的，会寄来的大概只有一种失踪通知，你别相信，要保住对我的忠诚，等战争结束——坚持吧——或迟或早，阿尔乔姆就会来到你身边，一切都将自己来判断。"

娜塔莎笨虽笨，却猜度到什么，便问：

"你大概想当俘虏？"

"这事你想不到的——记住一点：阿尔乔姆会回家的。"

听完这个"秘密"，我们每个人心里都明白阿尔乔姆的想法：有时我们中间还有这样的人，那时还没有尝过德国人的滋味，但是，当然，每个人都想安慰年轻漂亮、善良的婆娘，她们必定永远担惊受怕和听从酒鬼公公。我们说，士兵无法防卫子弹，世上既没有巫师，也没有魔鬼，没有狐媚子，战争中有什么——那就躲不过，阿尔乔姆说那些话只是为了吓唬她，拴住她。

娜塔莎眼里噙满泪水，问我们，如果真的寄来了阿尔乔姆的失踪通知，她怎么办，该信还是不信。

"通知来，"我们大家异口同声说："那就相信通知，而不是阿尔乔姆"。

有了我们的建议，娜塔莎每天都快快活活的，所以为什么我说，这是个头脑简单的婆娘，但是，好就好在简单，对她来说我们镇上所有人仿佛都联成一个出主意的人和朋友，她就生活在可靠的保护之中。

十五 大路

不久之前有一个头脑简单、作风老派的老人在市场上抓住了一个小偷，一怒之下照老办法开始用拳头揍他。民警来了，可敬的老人因殴打男孩而被带走了。周围的人像魔鬼似的激动起来，其余的小偷则向被抓的老人吐舌头。

于是整个市场的舆论就截然分成两派：有人站在老人一边，原因是他代表过去，有人站在男孩一边，因为他是代表未来。

但是难道打人的老人真的代表我们的过去或者市场的小偷真的代表我们的未来吗？

苏维埃政权建立二十六年来我们听到过许多这样的争论，我承认，我自己是个老人，受我们遥远的旧时代的诱惑，很怜惜被无理的男孩包围的老人，揪紧了心回忆起自己的叔叔伊万·伊万诺维奇。当时我也是个活泼的小男孩，有一次我看见，有个头发花白的老人，我的叔叔，坐在石头上，不时用棕黄的芦苇做的长烟嘴吸上一口烟。他爱抚我，而我利用他的好意，说：

"叔叔，您吸烟时深深吸一口吗？"

"当然，"他回答："深深吸一口，不这样不算吸烟。"

"大概，"我问，"深吸一口很惬意吧？"

"你试试，"他说，"喏，深深吸一口"。

他把烟嘴递给我，我高兴得忘乎所以，问：

"可以从鼻子里面放出来吗？"

"当然可以，"他说，"你尽力深深吸一口烟，从鼻子里放出来。"

于是我深深吸了一口烟，头晕得厉害，身体里开始全都倒腾起来，等我恢复过来，叔叔又把烟嘴递给我：

"来，"他说"再吸一口……"

"不，"我回答，"谢谢你。"

我这个白发苍苍的叔叔，真正的聪明人，什么事也没有似的吸着烟，带着善良的微笑抚摸着我的头。

老人就这样用自己的善良和不为我觉察的惩罚指点我一辈子并用诚恳的思想联系了两代人：他的和我的。现在我自己是老人了,常常感念着自己的叔叔伊万·伊万诺维奇。

现在听说集市上经常有老和新的争吵时,我开始分析自己并理解,为什么会有这种争论。

我想到我们过去有一条畜群走的大路。人们在宽阔的路上向前跑去什么地方,彼此急着赶在别人前面,在这种运动中无论谁都不能停留并回头看,谁停下,谁就永远像里程标似的留在那里了。

只有我,我觉得,有点不像大家:我完全可以跟大家一起跑向前,停下来休息一下并稍稍朝后看一眼。

就这样我停留着,回头望着,认出在后面有熟悉的人的脸,其中有像我的叔叔伊万·伊万诺维奇这样的很好的人,我非常珍惜所有这些人,非常想帮助他们大家。

这以后我再放眼大家都奔向的未来,当然,我落后了,我是从后面看见大家,无论关于谁我还不能说什么,正是因为我不能赶上他们和看一下他们的脸。

十六　炉子里的士兵

大家都上战场后,我一个人留下了。那时我已经不工作,退休了。起先觉得,我免不了做一块路上的里程标的命运。但是,生活的力量使我脱离了过去的角色,迫使我也尽我所能在路边小跑着,与大家一起奔向未来。

当大家离开了,我这个老钳工志愿承担起照看把泥炭运往城市工厂的我们窄轨的路段。我用这力所能及的劳动做到不站在原地不动。

清晨,天还没亮之前,我背上枪去铁路线,用锤敲打铁轨,那里拧紧螺栓,那里旋紧螺帽。干涸的沟渠两边长满了茂盛的灌木,几乎难以通行,特别是在架着小桥的峡谷里。在小桥旁我向下走去,非常当心地仔细察看一切,自己经常看看灌木丛,并总是摸摸肩上的枪。

后来我的担心被证实了,在这样的一个峡谷的灌木丛中抓到一个真正的破坏者,他甚至有附带远程发射装置的短波无线电台。

就这样,从战争最初的日子起每天早晨我都上铁路,用锤子敲铁轨。在那个时刻按照约定米隆·伊万诺维奇出城来迎接我,他也是个铁路上的师傅,像我这个年龄的志愿者,也是这么个不停歇的老人。中午时在半路上我与他在会让站会合并休息,护路工也总是加入到我们中间抽烟。我们通常在他小园子里的长凳上坐一会儿,抽一会儿烟,而所有的过路人则坐到大堆干树枝上休息。

"喂,无线电里说什么?"米隆·伊万诺维奇通常会问,或者我问他。

"是这么广播的……"我们便开始转述,而坐在干树枝上的各种各样的老妇人插进自己的解释,甚至预言。后来,我们讲的内容和解释已经像童话故事似的在各个村子传开了。

有一次回答"战争什么时候结束?"这个通常问的问题时,我和米隆·伊万诺维奇认为是1942年,便说出声:

"1942年保证结束。"

"对,对,"一个妇女回答说,"前两天我们沿铁路从雅罗斯拉夫尔到别连捷耶沃，在我们车厢里抓住一个公民，他无票乘车，强迫他付了双倍的钱。"

从一切情况来看，公民是个好人，车厢里所有的人都相信他是遗失了车票，但是列车员当然不能像我们那样。"你找找，"他说，"最好能找到，要是没有，就得付罚款。"没有办法，不得不付钱，他钱不够，差三个卢布。

我们想为他募集，但是一个白胡子的秃顶老头出来干预了。

"为什么你们要募集钱？"白胡子老头说，"不必要。"他命令不知所措的公民："你呀，真不中用，你怕什么，振作精神，想想：你裤子后袋里有146卢布16戈比。"

听了这话之后，不知所措的公民慌乱地去掏口袋。我们大家都说了起来，大家都是见证人，大家都数着，就像白胡子老头说的一个戈比一个戈比的找出来了。

于是一个高级别的军人威严地说：

"不可能！"

我们支持老头。

"怎么不可能——大家都看见了。"

"这丝毫也没有意义，"严峻的军人回答，"他这是在骗人。这是我的皮夹，让他说，里面有多少钱，到时我才相信。"

"你自己不知道，"老头回答，"你有多少钱，马上告诉我，你有多少钱，而后我再对你说。"

"我皮夹里有 3270 卢布。"

"不对，"白胡子老头嘻嘻一笑。他干瘦、活泼，甚至高兴得跳起来，"你有 3985 个卢布。"

大家开始数钱，结果正如白胡子老头说的一样，这时我们大家忘了军人，忘了他的钱，也没有看到他怎么接受老头的话，大家紧紧围着他，异口同声地问他：

"战争什么时候结束？"

他回答的和你们说的一样：

"1942年。"

"嘿，这是童话，"从德国人那里逃出来的，来自塔尔多姆的女鞋匠打断说："我很了解这个老头，他是我们的鞋匠，缝孩子的靴子。"

"你不是亲自见到这一切的吗？"

"怎么不是，我与他从雅罗斯拉夫尔来，只是这时我要方便才走出车厢，而亲家全都听到了并转告我了。"

"原来这样！而我，亲爱的，亲耳所闻，亲眼所见，一个士兵走过阿赫季姆热耶沃村，请求让他过夜，我们对他说：

"请吧，在空草房里过夜吧。'还对他说，临近节日时在边上这间空草房里半夜里总是听到祈祷和歌声。

"'明天是星期天，'我们对他说，'假如你为社会干一下活，就让你在草房里过夜，不然，我们乡下人害怕。'

"'同意，'士兵回答——天黑以后，就去过夜了。

"躺在炉子里，用铁炉盖关上炉门，望着孔等着。躺啊，躺——就睡着了。

"半夜里醒来并看见：在屋子中间放着三口棺材，棺材盖都盖着，穿着全套法衣的神父在周围走来走去，手中拿着蜡烛，做着祈祷，祈祷结束，神父转向炉子说：

"'你,服役的人,干吗坐在炉子里?爬出来吧。'

"士兵半死不活的走了出来,神父当着他的面取下第一口棺材的盖。

"'你瞧!'他说。

"士兵看了——棺材里全是蛇,它们缠绕着,发出咝咝声,神父从第二口棺材上取下盖板,里面血漫到边,血还冒着气,神父取下第三口棺材的盖板,里面鲜花一直铺到上面。

'第一口棺材,'神父说:'这是40年:整个一年蛇发出咝咝声,缠绕着,第二口棺材——41年:战争,而装鲜花的第三口棺材——42年,战争将结束。'

棺材的故事当然使大家很惊异,只有讲预见一切的老头的那个妇女发现女鞋匠的漏洞:

"你允诺过,"她说,"要对我们讲亲眼所见、亲耳所闻的事,现在你说的是什么?"

"我说的是,"女鞋匠回答,"亲耳从士兵本人那里听来的。"

"你从士兵那里听来的,而我从亲家那里听来的,你的故事比我的好在哪里?而且你的士兵在炉子里睡着了,这一切他都是梦见的。"

十七 火蛇

当然,我们尽量不说多余的话,但是在莫斯科转折之前,我们在前线的情况很长时间都是这样的:这多余的话自然而然就冒出来,而且是如传闻一样到处传开了。

我和米隆·伊万诺维奇发现,我们的每句话都被坐在干树枝上的老太婆们说错了。在抽烟的时候，我们说得多的是白老鼠——他为科学机关养它们，挣不少钱。当我们分手时，如果我知道什么，我就拉他的袖子，或者他拉住我，我们就走到一边，低语着彼此传达不仅仅从无线电里知道的消息，而且还有"从最可信的来源"得来的传闻。

渐渐地我们老头闪过一个念头，为什么这些传闻不一样，有时是很尖锐的，不像乡下人那样理解的传闻，来自我们农场的比来自城市的多。从这个谜开始一天天地一切都弄清楚了。

我们侦察的所有线索汇集到一个人身上，只等明天把他抓到手。突然夜里从我们农场的场地上高高地腾飞起一条火蛇。我透过窗口一看，正好这时有人跑到我们钟楼，抓起绳子，敲起警钟。

直到我跑到河边，才弄明白，哪里发生了火灾：一座单独的小屋子——无线电站起火了，正好是那个人住在那里。等弄妥了救火的机器，小屋子已经烧尽了，当然，首先发现无线电员不在而寻找起来，但是即使是烧剩下的骨头也没有找到，有害的人就这样失踪了，仿佛钻到地底下去似的。

从那时起我们的无线电站就没有了，无线电员无影无踪，我所说的那些坏消息也中止了。在会让站休息时我们也不再不安了，我们谈白鼠，而老太婆们则讲，在出殡前夜火蛇经烟囱飞进了每一座房子。

我承认，我不喜欢这些乡间的奇闻，多半是因为即使是在自己的渺小生活中我也理解生活是奇妙的，如果每个人都很容易得到奇迹，不加思考就张开耳朵去迎接各种传闻，这算什么奇迹。

也许，无线电站火灾向上窜的火蛇正是一切的开端；也许，火蛇之后的早晨有人出殡，而那个妇女因痛苦而神魂颠倒，胡编说，仿佛火蛇正是飞到她这儿来的；也许，谁家烟囱里的烟子着起火来，这时又来了阵亡通知，于是就编成似乎在可怕的消息之前火蛇总是经过烟囱飞进屋子。

渐渐地人们相信有这条蛇，并且碰到任何事都推托是它的缘故，要是有阵亡通知——总是有前夜看到火蛇飞进这家屋子的人，即使是不信神鬼的人也相信这条蛇，一说起它眼睛睁得比完全不识字的人还大。

当然，如果日子轻松些，就可以嘲笑一下迷信，把锋芒对准孤独的婆娘的心灵，但是当你面前的妇女被火箭刺中心灵而痛苦痉挛时，难道有勇气开玩笑吗？

那时，能把过错往他身上推就令人高兴了。

那么就让这当作是真的吧，似乎火蛇飞进了安娜·亚历山德罗夫娜的小铁炉子外烟囱的小孔里。第二天就送来了悲哀的消息：伊万·加夫里洛维奇英勇牺牲了，死后被授予崇高的奖赏——列宁勋章。

我们的女邮递员阿里莎给安娜·亚历山德罗夫娜送阵亡通知的路上，我正巧碰上她，出于对亡者的热爱我承担起亲自告诉她可怕的不幸消息这一艰巨的任务。我眼含热泪，拥抱了她，开始说：

"安娜·亚历山德罗夫娜，您要做好准备，不幸降临了！"

她眼中没有泪花，脸上没有红晕，默默无言如光一般射进我心坎,而我犹如偷偷地做了什么坏事错事,想用微笑来讨好母亲的孩子似的,而她全都明白,无言无笑,责备地望着你。

"您要让我准备好什么?我不是小孩,我准备好自己对付世界上的一切,就是现在我也知道,您想对我说什么,您别作声。"说完她就走进了自己的房间。透过未掩严的门缝可以看到的只是火光。

我心里很窘迫,站着等她。我望着火,看到了自己遥远的童年:老太婆坐在炉子上取暖,打哈欠,打哈欠时捂住嘴,最普通的老太婆,而我对面角落里的火光映出了圣像衣饰上的各种光泽,也许因此婴儿上方圣母的脸才那么悲伤[①],才那么令人怜悯,才那么揪心,为什么——不明白。

"奶奶,为什么我那么怜悯?"

"怎么不怜悯呢,孩子,你看见她抱着婴儿,她怎么不怜惜你兄弟呢,婴儿可什么也不知道,他的眼睛望着,像可爱的小花——看着叫人高兴!而悲伤的她看到,残忍的恶棍正磨刀霍霍要杀婴儿。"

"这是恶老头吗?"

"是的,我告诉过你,恶老头磨刀,而悲伤的母亲隐藏自己的孩子。"

"藏到哪儿去呢?"

"嗯,这就看她能往哪儿藏了,反正她藏起来了。"

---

① 这里说的是悲伤的圣母圣像。在普里什文的小说中,它象征遭受苦难的祖国母亲。——原编注

"她有多少孩子?"

"所有你们这些孩子都是她的。"

从那时起心里永远留下了这样的信念:纵然有必不可免的不幸,但是亲爱的母亲好歹能躲开它,你就会更紧地依偎母亲。

当安娜·亚历山德罗夫娜带着孩子们回到我这里时,我在她脸上看到了我从童年起就熟悉的这一切,她坚强地说:

"说吧,你知道些什么,马上就说。"

她一直听完,仿佛全都事先知道了。她对死后追授的奖赏、养老金赋予了很大意义。我自告奋勇明天去城里办手续。

我当时明白,安娜·亚历山德罗夫娜对任何个人的不幸早就有所准备。有时我遇到这样的人还有比安娜·亚历山德罗夫娜更年轻的,每次我都为自己感到忧愁:假如我事先知道自己的时间就好了,不然就一直活着,长久地活着,仍然觉得,还远远没有准备好对付自己最大的不幸。

十八　绿叶

当生活中发生巨变时,民间常常说:"发动老人!"而现在我认为,大概长寿的幸福正在于此,自己要学会发动自己的老人。据我看,如果留有智慧和记忆,不因心痛而憋不过气来,那么可以靠自己的权力发动自己的老人,或者简单地说,用他们的过去的眼睛亲自看一看一切新的事物。

这种号召老人好在他们挺身而出,没有埋怨,没有见怪,没有丝毫诉苦,仿佛这是永远沉默的树干矗立着,而我们,现在的人,缠绕在他们周围或像树枝上的绿叶一样颤动着。

只要想一想，我有多幸福：十位这样优秀的老人，俄罗斯的伟大作家，就在我的书架上，我把手伸向他们，打开书，把眼镜架到耳朵上。现在我自己已经不是老头了，而是在阳光下颤动的绿叶，通过皱皮疙瘩的树干吸纳大地的精华。

因为事先不知道长寿的这种幸福，我又感到忧郁。虽然有人当时反复对我说，也盼咐自己反复说："要尊敬你的父亲和你的母亲，你在世上就会长寿。"

"没有尽头地活着做一个白发苍苍的老人是多么幸福呀！"当时这么想，现在则觉得，长寿的幸福不在于你老了，头发白了，而在于你身上绿叶颤动着，只有长寿你才能完全理解这其中的美妙。

十九 榕树

当就这么凝思着自己的时候，现在明白了，为什么在战争的可怕灾难降临时，因饥饿恐惧而受到屈辱时，比安宁顺遂的时候更想活长久呢？在这些可怕的年头，每一个人经历着巨大的灾难，像老人一样变得聪明了，怀着宝贵的理想，真正美好的生命的绿叶就在他上方璀璨闪亮。

大概这就是为什么在战争时期人们彼此容忍和厚道得多。有时候，山雀不用那只爪子搔脸颊，所有的乌鸦便都叫起来。而现在顾不上那事，哪怕拿娜塔莎来说，她的纯朴没有错——人们还有点良心，大家都同情她的不幸，给她出主意，帮助她与酒鬼——不成体统的公公作斗争。

顺便说，真理在她这一边。要知道房子是她的，姑娘家的，是阿尔秋什卡走进她的屋子,而不是她走进他的屋子。屋子还有个非常好的花园,是她父亲料理的,——不仅如此!——四〇年严寒达到零下六十度,我们所有的花园都毁了,已故的阿尼西姆·米哈伊洛维奇,我的兄弟,想到在花园里升起烟,这样救了自己的苹果树,而现在事情到了这种地步:娜塔莎的公公偷偷地喝掉了这些苹果树;夜里他挖树,运到什么地方,花园里变成光秃秃的了。

大家都注意到这一点,全都齐心协力站在娜塔莎一边。当前线来了公文说阿尔乔姆失踪了,所有出主意的人都一致劝娜塔莎,他真的失踪了。当然,娜塔莎跑到我这儿来,又坐到长凳上,又伏在我肩上哭起来。

"叔叔,我的亲人,帮帮我,出出主意!"

"叔叔有什么用,每个人都一样劝你:阿尔乔姆失踪了,你要明白失踪了。"

"我已经明白这点了,全都这样劝我,现在我的秘密不在这里。"

我明白,大家已经知道娜塔莎的新秘密,而且都赞同她。确实,既然公公开始喝掉苹果树,娜塔莎和她的三个孩子靠父亲的财产能维持多久?可是我,还有大家都一致决定,可以说大家一起把娜塔沙嫁给了我们农场的新会计亚历山大·费利莫内奇。

娜塔莎的第二个丈夫生下来就腿瘸,是难得的当家人,自古俄罗斯就有许多这样的人。这样的人的眼睛所到之处就会有所改变,手碰到什么——就会活起来。在他那里我们平常的粗笨的炉子盖上了有蓝色小花的白瓷砖,也就成了房间的装饰。他亲手给用薄板垒的泥墙抹上灰泥、刷白:从外面看房子很好看,而住在里面又很暖和。他不知从哪儿搞来一棵大榕树,这棵树占据了整个卧室,挤走了多余的家具,如新年枞树似的耸立在地中央,顶端触及天花板。他还搞来一些米丘林的苹果树,种在被公公偷走苹果树的地方,而在小苹果树丛中,在黑黝黝的空地上放上了白色的达丹①蜂箱。

在我们的航船漂行的痛苦的海洋上,这个小小的天堂犹如标志一个小地方的浮标,航船在深深的海洋上漂行,大部分人顾不上榕树,谁都不羡慕这种幸福。

我的朋友,如果你们还有一点空闲,请理解战争时期我对生活的感情。我暗自要审判的不是娜塔莎一个人:我有时候这样想,仿佛大家把荡妇送上了法庭,要打死她,而且每个人都已经把石块拿在手里,只有一个人没有拿石块,低着头,坐着沉思,并用苇杆在沙地上写着什么。

"你为什么不想朝她扔石块?"大家问。

他回答:

"如果谁觉得自己是对的,就让他第一个扔吧。"

战争期间安宁顺遂的美德就这样离开了我们,也许,每个人在心灵深处都忐忑不安地环顾近处的人:他是否在沙地上写有关我的可怕的真理。

我的朋友,尽管能见到全部可怕的战争,还是请理解,这

---

① 19世纪末美国养蜂人达丹引进的特别的蜂箱。——原编注

种对生活的感情,这种可见性,如巨大的岩石,下面有细细的泉水奔流:无论泉水多么细小,迟早它会冲毁整座山,不仅如此,还会将它变成肥沃的土地。

二十 曲折难行的小径

但是,我们的全部痛苦和全部泪水只是因为,真正的生活之泉这么缓慢地冲蚀岩石,我们一个人的经验不够,应该联系许多生命,使开始的事件能看到自己美好的结局。

孩子们,这就是为什么我怀着强烈的热爱保存自己选择的能联结数百年的十位智者。我崇拜智者的伟大的努力,当虔诚地进入他们在人们之间建立联系的事业,后来回到我们镇上的生活时,我看到每一张活生生的脸都与一切有某种神秘的联系。我觉得,在我之前有人把所有这些生命联系起来了。而且不仅如此!——我觉得各种事都是美好的,只要这事通向人们的爱的联系。

瞧,我老伴在给谁编织长袜。我望着她,拿起线圈,穿过圈心,并暗自编织着我们镇的故事。

望着米洛奇卡,我心爱的小鸟,我清楚地看到,她丝毫也不比别人笨,就拿她迅捷这点来说,那么智者也会惊讶,怎么能立即一听就什么都明白。阿廖沙上前线前,她是个绘图员,但是突然不知为什么对电有兴趣了,一转眼她就变成了拖拉机站的电工。

要当电工的念头是有一天在小径上与机械工偶然相遇时产生的。我认为,米洛奇卡冒出这个念头正是为了每天都可以走这条小路。

　　这条小路从我们镇穿过农场的田野和小树林。我不知道，世上有没有什么地方像我们这里一样有这么美好的田野，在我们无边无际的森林中漫延。

　　很久以前我们大自然的富饶和无序形成了这种景象。

　　一块贫瘠的不毛之地荒弃了，当人们想起它时，那里已经长了一片树林，很难刨除树根，就这么留下来了。现在在金色的庄稼中是凉爽的绿色的小岛，那里长着蘑菇。长着谷物的大片田野吸引许多鸟儿在这里栖居。

　　沿着小径走得越远，越常能见到田野中的林岛。有靠得近的就连结起来，有分开的，直到终于完全不连的荒僻的松林，在这个松林里轮流延伸的是布满苔藓的沼泽及其中的林岛。为整个泥炭开采服务的拖拉机站就在最早出现的一个林岛上。就是在这里，在这条曲折难行的小路上，有一天米洛奇卡遇见了拖拉机站的新机械工，战争中腿受伤的年轻人。

　　那是休息日，机械工在犁沟里放上带有捕鸟用的环扣的弯树条：雌鹌鹑在犁沟里跑来跑去，一冲就闯进了环扣，被收紧了。米洛奇卡很喜欢机械工对她解释怎样捕捉鹌鹑。有时候他口吃并因此而脸红，他那严肃的大眼睛显出歉疚的神色。

　　渐渐地，随着机械工越来越醉心于捉鹌鹑，在他的捕捉和口吃中，米洛奇卡自己就像鹌鹑一样落入了环扣，也脸红了，这种窘相使她感到烦恼。为了强制克服窘态，最后她直截了当地问：

　　"您总是这样口吃吗？"

"不总是，"他回答，"当有不熟悉的人盯着我看时，我就会口吃，我担心他把我往坏处想，就口吃了。"

"为什么陌生人就一定对您有坏想法呢？"

"因为陌生人——这很可怕，于是我就会口吃。"

"为什么现在您跟我说话就不口吃呢？"

他脸红了起来，为了不再口吃。就沉默起来。她本来要开口说什么回答他，却停住了：她也脸红起来，但是她克服了自己的羞涩，问：

"您口吃，这不影响您吗？"

"有什么影响，"他回答，"有一次我们这里配售面包：黑面包和白面包。我要买白面包，就去售货亭，排队，轮到我时，女售货员抬起眼望着我问：'您要什么？'而我一看见她的眼睛盯着我，就不知所措。'白面包吗？'她问，完全已经是恶狠狠的了，'还是要黑的？快说，别耽误排队。'

"当时我突然转了个念头：既然，我头脑里闪过，白面包一直不离舌头，就试试别的，于是突然清楚地没有任何停顿地说，黑的。'早就这么说多好，'队伍里有人说。

"结果挺不愉快：来买白面包，却带了黑面包走！"

听完这故事，米洛奇卡哈哈大笑起来，好久都停不下来，但她笑的不是口吃的人违心地买了黑面包代替白面包，而是他严肃的、很漂亮的、聪明的眼睛中有一瞬间闪过快活的火花，通过这一点向她表达了愿意哈哈大笑到倒下，流泪。

"您，大概全是杜撰吧？"她问。

"杜撰的，"他平静地回答。

又闪过那完全是天真无邪的可笑的火花。米洛奇卡又苦恼了很久,终于他们一起沿着曲折难行的小径去拖拉机站了。米洛奇卡向这个不熟悉的谢廖沙坦率地说:

"我,谢廖沙,也经常臆想并随着这些臆想入梦、醒来,在这点上我和您非常相像。"

但是这就可以知道,两人在某个唯一的瞬间彼此爱上了对方,而且往往从这唯一的瞬间衍生出整个人生。当两人觉得彼此相像的时候,那么一切也就完成了:雌鹌鹑沿着垄沟跑啊跑,突然套索拉紧了。

这一瞬间的结果是,米洛奇卡学会了电工,抛弃了制图,转到了拖拉机站,在装配拖拉机和载重卡车时干电工这一行。

战争第二年结束了,甚至最年老的人不知怎么的对米洛奇卡发生在曲折难行的小径上的事也另当别论。有一位很老的老太婆甚至这么说:

"亲爱的姑娘,快点,快点抓紧生活,现在这里还没有战争,就要有战争了。当人们像苹果树那样受到震动时,在下面的只是掉落的果子,而上面则是被啄过的果子,那时,如果在哪个村里围墙上能看到裤子——人们就很高兴:看来,这里还有男人活着。"

二十一 好消息

不久德国人就临近我们了,可以听到大炮的射击声,仿佛战斗就在树林后面这里的什么地方进行,畜群从早到夜走过我们身边。经常有这样的情况:赶畜群的人就留在我们旁边过夜。

他们升起火,便宜地卖给我们牛奶,在篝火边常常整夜地聊天。

有时我们有人找到什么酒,而他们的绵羊或公羊折断了腿——于是大家就快活了,聊天也更大胆和活跃,谈得最多的是,德国人是什么样的,他们对俄罗斯人怎样。

我自己参加这些夜间的谈话,在人们中琢磨自己的思想。我当时觉得,仿佛不是直接从人们那里听到,而是风刮来了那些话,而我根据这些话构思成什么。

战争已经离得很近了,命令我们收拾好东西并趁早离开。本来院子里准备好了,只等明天把牲口赶出去,运出机器,财产,战争却突然发生了历史性转折,于是我们得到了新的命令:不仅取消撤退,而且要加紧为我们工厂采掘泥煤。

令人难受的时间过去了,一切都确定了:不是德国人赶我们,而是我们赶德国人。畜群又白天放出去夜里赶回来。篝火旁的谈话有了新的内容,大家都集中在一个想法上:尽快赶走敌人。

我们的女邮递员阿里莎健壮,心肠好而令人感到愉快,现在几乎每天都从自己的斯捷潘那里收到明信片,开头是:"我的天使,阿里莎",结尾是"很快就相见,我的天使般的洋娃娃!"阿里莎把前线来的所有其他的明信片的内容都加到这张明信片上,边分发边得出共同的内容,这样传播的尽是好消息。攻克斯莫棱斯克在我们镇的生活中是决定性事件。阿里莎收到信,斯捷潘失去了双手,很快将回家。过了很短的一段时间斯捷潘真的回家了,对于阿里莎来说战争结束了,因为当家人来了。

就在当家人回到阿里莎身边的这些日子,有一个我们不认识的被打死的伊万·加夫里洛维奇的朋友寄来一张明信片,说,他亲眼看到伊万·加夫里洛维奇在进攻中第一个扑向战壕,大家都跟在他后面,但德国人打退了进攻,伊万·加夫里洛维奇被子弹击中,在大家眼前倒下了,留在德国人那里。现在攻克了斯莫棱斯克,他却还活着,只不过备受折磨,甚至几乎神智不正常。"我的地址,"伊万·加夫里洛维奇的朋友写道,"我就不写了:我躺在医院里,而伊万·加夫里洛维奇今天出院,马上自己到您这儿来了。"

读完这封信,好奇和轻捷的阿里莎扑向安娜·亚历山德罗夫娜,但马上醒悟过来:她没有必要走弯路,最好走自己的平常路,要轮流对大家讲这个有关亡者的奇怪消息:寡妇已经领抚恤金一年多了,他却突然复活了……

阿里莎这样讲死人复活的事,讲到娜塔莎那里,娜塔莎起先不相信,甚至嚷了起来:

"你讲的是多么傻的事啊,不是有过阵亡通知书吗,而安娜·亚历山德罗夫娜领抚恤金几乎有两年了。"

"是领了",阿里莎回答,"喏,读一读吧。"她把明信片给她读。

娜塔莎读完,突然明白了什么,脸都发白了。阿里莎依然陶醉于即将与自己心爱的当家人欢乐相见,没有考虑就安慰说:

"战争中人民——活的和死的——的力量是控制不住的,怎么可以认为,一切都不出差错呢?有许多错,在赫梅利尼基也说:木桶匠被打死了,可他活得好好的回来了;在热尔图欣送来了铁匠的阵亡通知书,可是后来铁匠出现了。再等些时候,战争快结束了,当家人就会来到你身边了。"

阿里莎这才走了，甚至没想一想，她给可怜的娜塔莎的安宁带来多大的打击！就这样娜塔莎一直心痛自己的幸福，一直记住那句话："记住，老婆，子弹打不到我。"

也许，阿里莎想到过娜塔莎的第二个丈夫亚历山大·费利莫内奇，甚至还对她提了一下："真正的当家人要来了，会把这个临时的赶走。他们会争吵一会儿就相安无事了，而一切当然都归老当家人。"但是，冒失地丢出这些话时，阿里莎却不知道娜塔莎心里的秘密。

有时早晨上班前她怀着这样愉快、满足的心情把凳子放到卧室里大天堂树——枝叶繁茂的榕树旁边，用干净的抹布擦去每片叶片上的灰尘。现在她边擦边想："这就要来啦！"

夜里一片寂静，只有钟滴答滴答响。她觉得，仿佛有人迈着匀整的步子从远处走来，越来越近。深夜风刮得篱笆作响。她颤了一下，后来久久未能入睡。为了睡着，她数着钟摆的摆动，而在自己心里数着某人的脚步声。

二十二　女主妇

挨家挨户传着新闻，是这么不同寻常：似乎是两年前在战场上阵亡、家里人悲悼过的人现在站起来了，正在走来。

阿里莎随便来到一家人家，那里已经事先知道并详细打听这件事，她则读信。在她读信时，小孩中或是偶然的目睹者中已经有人在街上说开了，于是新闻就向前传，一直传到河边的铁匠铺。

河对岸任何人还什么都不知道。当阿里莎来的时候，安娜·

亚历山德罗夫娜安心地在厨房桌子旁削土豆，米洛奇卡按习惯在帮助她拣豌豆。

两个女人一个挨着另一个坐着。一个把手掌里拣干净的黄黄的豌豆滚到锅子里，而虫蛀的、小的、皱皮疙瘩的就扔到鸡饲料桶里。另一个女人手下的土豆皮呈螺旋状卷着，被撸到下面木盆做猪的饲料。

"安努什卡阿姨，"米洛奇卡说，"请告诉我，有阴间吗，您怎么想？"

"怎么啦，"安娜·亚历山德罗夫娜回答说，"只不过，米洛奇卡，你白给自己找了这个活儿——用手指拣豌豆。你灌上水：有毛病的豌豆全都浮上来了。"

"剩下的已经不多了，"米洛奇卡回答说，"我拣，安努什卡阿姨。我问是因为我觉得阳世很可爱，我从来没有这么轻松地生活，好像永远都会这样，而我的阴间现在不像大家那样在前面，而是在后面，而且永远是这样：一切好的都来自这阳世，而阴世则完了。"

"是的，我总是这么想，你不爱阿列克谢·米隆内奇。"

"这不对，我现在也爱他，甚至非常爱，但在阴间，那里完全是另一回事……而在这里我为自己爱谢尔盖。"

"还没有信吧？"

"就是没有。但我知道，他应该活着。"

"你知道……你不担忧？"

"一点也不：我爱这个，也爱那个，只不过完全是不同的爱。谁也不能责怪我。"

"我同情你,米洛奇卡,也完全理解你爱这个人。而那一个如果真的爱你,就让他承受痛苦吧。"

"如果他不占上风呢?他会变得好起来的。"

"啊,这么说,毕竟还是担忧的!别怕,米洛奇卡,你的阿廖沙是个好人,我了解他。好人出于爱从来不会失败的。只有只爱自己一个人的人才会是失败者,而真正爱人的人——总是能战胜的。"

"好了,安努什卡阿姨,我把豌豆拣完了,让我来帮你削土豆。"

两个女人一起干,螺旋状的土豆皮从两双手中掉到一个桶里。

"安努什卡阿姨,是什么使我惊奇,"米洛奇卡嘟哝着说,"我可只是凭感觉理解生活。我常常能预感到,但您总是事先就知道了一切,能事先就说出一切。您从哪里知道的?"

"米洛奇卡,"安娜·亚历山德罗夫娜回答说,"要知道,说真的,你不是阿廖沙的妻子,你也不是母亲:你现在仅仅是未婚妻。我没有从哪里得到什么,而我是妻子和母亲。你将爱,你将有孩子:你会吃尽甘苦,一切也都会向你揭示,并且像所有的母亲一样,你会有丰富的经验,会明白一切。"

"是的,这是真话。至于吃苦,事先想这一点有点可怕:也要发生您发生过的事,剩下孤零零一个人……"

"瞧你瞎想的,什么时候我是孤零零一个人?伊万·加夫里洛维奇总与我在一起。我甚至希望与他相见。"

"在阴间?"

"不,在阳世。"

"怎么回事？"

"很简单！你自己将看到：你将像我生了孩子一样生孩子，将爱他们，培养他们。只不过要少想这一点，少讲，渐渐地你就像做母亲的女人一样，就会做到，所爱的一切将与你生活在一起，仿佛没有死去。"

她们正像女人们常有的那样，当她们在家干活时，我们觉得，仿佛她们只是在干活，如削土豆，洗衣服或擦洗地板。从小我就听她们一边干活一边互相低声说这说那。我想，这教会我春天时数小时地坐着听春天小溪的水的淙淙声：既不是话也不是音乐，仿佛于正事毫不相干，可是要是生活没有这种淙淙声，设想一下，这算什么生活！……

"瞧，我们干完了，"安娜·亚历山德罗夫娜说，"现在如我们说好的，米洛奇卡，给你，这是衬衫，这是裤子：你要穿上它们和洗它们。这是煤油炉和火柴：给马涅奇卡煮碎麦米粥，她肚子有点不好。而这双靴子给万尼亚，如果我不在，他要去玩的话……"

安娜·亚历山德罗夫娜就这样吩咐了米洛奇卡，穿好衣服，打扮了一下，就去教堂做晚祷。她刚走，像米洛奇卡一样经常帮安娜·亚历山德罗夫娜做家务的塔纽什卡从河对岸跑来了。她满脸通红，喘不上气来，飞快地冲着米洛奇卡就说，仿佛自己来不及说和别的人抢了说似的：

"当家人从前线回来了！"

米洛奇卡以为是自己的丈夫：她心里想着他，等着他。

"是阿列克谢·米隆内奇吗？"她相当平静地问。

"哪里是阿列克谢,"塔纽什卡回答,"是伊万·加夫里洛维奇寄来了信,马上阿里莎会带来的,你告诉安努什卡阿姨一声。我要尽快去厂徒工学校。"

她跑走了。阿里莎没有来之前,米洛奇卡没把塔纽什卡的话当一回事。小孩撒谎的还少吗?她继续想着安努什卡让人惊讶又很不平常的话。

孩子们还没有醒来。阿里莎因为兴奋的消息,脸像炉火似的通红通红,把信交给米洛奇卡,也说:

"当家人正到安努什卡这里来。"

米洛奇卡读了信。她仿佛在梦中似的,有时觉得脚下的地板都要晃了。

阿里莎就像对所有人说的那样对她说了同样的话:

"仿佛是从阴间来似的……"

二十三 彼得节

彼得节只是有一点与过去不完全相同:没有敲钟,因为在最初建设的艰难年代把钟的金属用到工业中去了,就像彼得大帝时用来造炮一样。钟楼里只剩下一座小钟,那是为了在发生火灾或什么别的不幸时敲响它。但是即使没有钟声,穷人也能感觉到节日,当然,他们眷恋过钟声。我望着他们,立即想起了我无法忘怀的朋友阿廖沙。战争前夕他向我们提议把施舍理解为每个人必须得学的经济学。我承认,我对穷人没有善心,也不喜欢自己有这种怜悯心,所以在我七岁时见到一个老人的一双眼睛之前,从不施舍。我记得,这个老人与我的爷爷告别。

我悄悄地问他,他要去哪里。"去穷困的地方,"爷爷说,"想拯救灵魂。"那时我不理解老人眼中流露出来的高兴神情。只是到我自己老了,才开始理解有些穷人眼中的这种高兴,而且只要一见到这样的眼睛,就赶快伸手到口袋里,那时自己很高兴,而出于怜悯不得不给的时候,一切不知怎么的显得很可耻……

战争当然洗劫了所有的人。有人有多余的衣服——穿坏了,有人换掉了,但是逢到一年一度的彼得节,连衣服都换掉的人也穿得好好的,所以从远近村子来的人都穿着干干净净的节日盛装。人们来了又来,来得比较早的人,像我和安娜·亚历山德罗夫娜被挤到前面,后来的人甚至根本进不了教堂,聚在旁边的墓地上。

据说,当然,我自己没有看到,田野上出现一个样子奇怪的穷人,一手拿着帽子,一手拿着拐杖。

"出家人有点不像出家人,"墓地上一个人说。

"这种人还少吗?"另一个表示同意。

"根本不是出家人,不是神父,"第三个人说,"你看,他的皮带是军用的,皮带上挂着军用水壶。"

人们这样想着,猜测着的时候,这个怪人走近了教堂,像有时候有些穷人那样跪下来磕头,为的是吸引好心人的注意。但是从来没有哪个乞丐怀着招来施舍的目的这么长久这么热心地磕头。不,他在祈祷,没有去想周围任何人,忘我入神了。

他的帽子放在地上,大概,不是为了接受施舍用,而只是为了不拿在手里。但是人们依然把他当穷人,把一些东西扔进他的帽子里。后来日祷结束了,人们立刻涌了出来,看见了这个乞丐两条胳膊伸开趴在教堂门前的台阶旁,大家便开始把什么东西放到他的帽子里。

帽子里放满了钱,周围也散落一地。有人对他说:

"你给自己募集这么多钱作什么用?"

只是此时奇怪的穷人才仿佛注意到钱,回答说:

"我的爷,我没有募集,就这么得到了。"

后来他把钱往帽子里压实了,把掉在外面的装进去,就开始把这些钱分给在教堂台阶旁的穷人,一会儿向右一会儿向左随便多少把钱发给他们。

"你干吗不给自己留一点?"又是那个好奇的人问。

"亲爱的,"乞丐回答,"我自己什么也不需要,我可是到家了。"

就在这时我走近了并感到,当我自己伸出手时,那双眼睛盯着我。我自己也抬起眼睛。我们的目光相遇了,此外我听到了"我到家了"——我的心立即颤动起来。

"你是万尼亚?"我问。

"是我,阿列克谢·米哈伊洛维奇,"他说,"是我,亲爱的。"

"伊万·加夫里洛维奇!"人们异口同声地喊了起来。

这时安娜·亚历山德罗夫娜从教堂里走出来了。

送自己的伊万·加夫里洛维奇上战场时,安娜·亚历山德罗夫娜没有掉眼泪。此刻她也没有掉眼泪,但现在她缺少更大的力量:马上脸色发白,摇晃了一下。我们扶住她,抱着她回家。

二十四　我的朋友

我的朋友，我不是从书本中找来现成的话，而是像从路上搜集卵石并用自己的生活经验磨光它们。如果现在有人对我说，我说什么人说得不对，我就拽住这个评论者的袖子，把他带到所说的那个人那里："这就是他。"如果说的是东西，那么就指着东西："它就在这里。"

我作为语言的主人也能这样确切地说所有的生物，能把每一个人带到现场并指给他看：它就长在这里，开花，死去。

但是我们面临的是世上谁都未梦见过的前所未有的、与世上任何东西都不能比较和想不到的事。现在我从哪里找话呢？

最好我不用空话来使灵魂变得干枯，不给人们像给小孩那样煮石头并要他们相信，这是煮豌豆，在我给他们搞来真正的面包前，他们最好睡觉。最好公开和直接地说，我不知道，对最主要的事保持沉默：我的沉默就是我的真话。

我尝试以编年史者涅斯托尔的精神，怀着理想来开始叙述我们时代的故事。很快我就把自己的思想遗失在过去了。我在冰上英雄的理想中又找到了自己的思想，但是现在感到：我的冰上英雄已经不是我们时代的英雄，我对他的热情冷却了，思想也丢失了。

现在我的理想不是冰上英雄，而是我的朋友，谁也不知道的战斗中的士兵。世上的一切在重复，但他的生活不会重复：不，像他这样的人，现在、过去和将来都没有。他永远离去了——我们亲近的人，手挽成圆圈，承担起他的事业。

我说这些话：为我朋友的生命——把我的生命拿去吧！

说了这话，我感到，语言的力量又回到了我身上，我又能继续当代的故事了。

二十五　淡蓝的花

田野上亚麻开花了，蓝莹莹的。清早米洛奇卡一个人沿着曲折的小径走着，越过田野。在草地上她那淡蓝色的眼睛见到小小的红石竹，她感到很高兴。她想象着，草地上有数不清的野花，像在花园里一样，也有自己的花园了。当然，她爱所有自己的鲜花，但是她无法一下子一眼看到所有的花。她所看到的每一朵无名小花她都熟悉，好像比所有的花都好。

现在她看了一眼红石竹。对于她来说，现在这花比所有的花都更美。这样，主人爱所有的花，但爱每一朵花甚于爱所有的花。捕捉到自己的这个想法，米洛奇卡为了检验它，便把眼睛从石竹花移到勿忘我花，结果确实如她想的那样：她觉得勿忘侬花比所有的花更美，而在勿忘我花之后，三色堇也是这样。

"我也是这样，"米洛奇卡想，"像这石竹一样，对大家来说毫不起眼，而谢廖沙却注意到我并爱我胜于爱所有的人。他也是这样，对大家来说他是个结巴，而我爱他，甚至也爱他结巴。就让我当石竹，而他当淡蓝的矢车菊吧。"

在想到浅蓝的矢车菊时，她模模糊糊想起，似乎她在梦中见到过什么浅蓝色的东西，但她刚努力回想梦境，记忆的箱子仿佛被关上了，一切便消失了。

"也许，"米洛奇卡继续想，"每一个人都能与另一个人合而为一，就像我和谢廖沙一样！"

米洛奇卡怀着这样的理想，大声笑了起来，甚至拍了一下小手掌。因为高兴，她一个人留在田野上觉得憋得慌，便故意回头看了一下，谢廖沙是否赶上她了。现在要是对他说这些就好了。

但是谢廖沙还没有走上弯曲的小径。于是米洛奇卡继续单独发挥她找到的使她感到惊讶的思想。

"如果，"她想，"在做爱时我们合而为一，那么，为什么当你相爱时，所有到你这儿来的人都那么好，不要说人，连鲜花、树木、鸟儿、动物、太阳、月亮、星星——整个世界这时都望着你，也都以你为榜样想合而为一。"

这时米洛奇卡不知不觉从草地来到了蓝莹莹的亚麻地。她看到自己周围一片浅蓝色，突然想起了梦。昨天夜里她梦见了阿廖沙，是那么明晰、那么清楚。他身穿从来没有的浅蓝色缎纹布衬衫，斜领衬衫的领口敞开着：他从来没有穿过斜领衬衫，但是这对他非常合适。

"原来是这样，"米洛奇卡想，"那时对于我来说，他似乎始终不是那个人，也就是说，我不爱他：他没有浅蓝的缎纹斜领布衬衫。现在我爱上了谢廖沙，那么，当然，我也爱他：他穿浅蓝衬衫多么漂亮。现在对我来说，他就像是我自己的孩子。"

她这么在田野上走。一模一样、不计其数的浅蓝色小花透过发黄的绿叶望着她。

谢廖沙不被她察觉地赶上了她。他们一起走着。

"谢廖仁卡,"米洛奇卡说,"今天夜里我做了个梦。我忘了什么时候走进亚麻地的,却突然想起:浅蓝的亚麻提醒我从来没有过的浅蓝的缎纹衬衫,而在这浅蓝衬衫上面出现的是阿廖沙的脸,疲惫不堪,他的眼睛直盯着我……"

"责备吗?"

"相反,生前他从来没有这样爱恋地望过我;生前他哪怕有一次这样望我一下,你大概就得不到我了。"

"你会跟他过?"

"不,大概,既不跟他,也不跟你……我将像园丁那样为大家生活:他爱所有的花,爱每一朵花甚于爱所有的花。"

于是她详细地对他讲了一切:她怎么找到红石竹,怎么觉得每一朵花比所有的花更美,然后由一切——人们,鲜花,鸟儿,动物——构成了一个人。

"我对这一切非常理解,"谢廖沙说,"我常常想这个问题,只是不知道,可以对谁,像我和你这样,讲这样的想法?"

"我和你一切都惊人地相合,我和你异常相像!"

他们就这样走进了拖拉机站。

二十六　流浪者

一个人在树林里走着,像影子似的,从一棵树到一棵树晃动着。他的力气只够慢腾腾地挪动双腿,还得在每块林中空地上喘口气。他的心灵已经凝固,想象和记忆完全离开了他。对他的深深同情唤起了我记忆中我的一个年轻朋友说过的话:一切都明了,丝毫都没忘,丝毫不原谅。只是现在,当我看见这样的人时,我的心灵，我自己难以平静。我终于在自己内心开始理解火热的话："不是叫地上太平，乃是叫地上动刀兵"[①]——我才为自身保留了如童年的残余一般的原谅和忘却的德行。

这个流浪者已经第三次从俘虏营中逃出来了。现在他大概再也下不了决心，因为他是那样衰弱，那样明确地感觉到：生命不值得再为之付出努力了。但是，最后一次，像扔给狗一样扔给俘虏们马肉，人们撕碎生肉吃了，此后就完全把他们忘了，这样就必须得到哪儿去了……

前夜暴风雪盖满了树木。当晨曦渐渐开始从灰黑的低云中射出时，通常像黎明时那样，树林中光还没有拥抱黑乎乎的树木。现在晨光落在新雪覆盖的白蒙蒙的树上，树林里就开始黎明了，像反光一样，仿佛树林自身发着光。

不常有这种情况，甚至习见这种景象的流浪汉也对此感到奇怪，但是，毕竟他习惯了，看见此景后，回想起树林中的暴风雪就明白：这是常有的事。这个流浪者没有望天，而只是朝前看，在那里他看见了雪地上的树影，只是向上抬起眼睛，那是在上方，他按老习惯寻找阴影的原因，但是也没有月亮，却有阴影。这个人站了很久，看来是努力想弄明白黑乎乎的树林里光的现象。他不向前移动而这么站着，可能是出于小心谨慎。树林里内部的黎明只有不长时间。当普照大地的光射进树林时，像通常那样，流浪者挂着拐杖，又悄悄地从一棵树走向另一棵树……

[①] 马太福音第10章，34行。——原编注

在晨光中大胡子、灰色的破衣服、帽子与黑乎乎的密密的树干、桧树丛融合在一起。白得像雪一样的圆脸仿佛挂在空中似的。在这张圆脸上两只大大的眼睛如两盏灯。每一只灰色的眼睛都有血丝,似乎,挂在空中的这两只眼睛就是这个人身上留下来的一切:这双眼睛在树干间移动,很少眨眼,谁也无法说,它们在看什么,看到了什么。

被射中的野山羊、狍子痉挛时常常是这样:老是用漂亮水灵的眼睛望着自己前面。你害怕地等待着它即将死去,美丽的眼睛也将停止看东西。但是它濒死时眼睛始终这样继续望着,这使开枪打它的人更为难过:它要死了,一切都结束了,可是却像活着一样望着。

大概,这就是为什么死者要闭着眼睛——现在我明白,正如想到野山羊一样,死者睁开眼睛是责备活人什么事。我想,就是这么回事:哪个活着的人在死者面前不为自己活着感到惭愧,在这双眼睛看来,有什么地方是该责备我们的。活着的人在树林里遇到这样的眼睛是很可怕的……

眼睛请求着,让活人把它们合上。

"站住!"看不见的人从树后喊了一声。

眼睛没有任何恐惧的表情停住了,只请求一点:合上它们。

看不见的人全都明白了,放下了枪。

对武装的俄罗斯人的问题,流浪者沉默了很久,仿佛在回忆,然后理智地、清楚地回答。游击队员遇见过许多这样的人。审问时间不长。

那时亚麻开着花。人从医务所出来,开始向故乡走去。也许,只是在这时他的眼睛才第一次专心致志地看东西并在清晨时发现,夜里还合起来的浅蓝色亚麻花绽放了,整片田野都蓝莹莹的。

晚上他走近了屋子。在这故乡的田野上他亲眼看到浅蓝的花瓣合了一夜。当这个人停在自己家门前敲门时,天色已经全黑了……

二十七 黑鸫

……米洛奇卡住的屋子就像我们镇上所有未盖好的屋子一样,这些屋子留着把开始和结束分离的命运的阴影:开始了,停了,而结束要在战争后,那时一切都将变了,我们自己也将成为另一种人。

这座屋子窗上没有面板,用板条铺的新屋顶,但没有烟囱,有一个曾经仔细料理又荒芜了的花园。屋子与我们"真理之泉"镇其他的屋子一起用简单的语言诉说着战争:到处戳着树墩,到处散着刨花、碎木片、砖头和各种建筑垃圾。但是米洛奇卡屋子里面则相反,一切都明亮、干净、朴素而舒适。分隔整个空间的不是墙,而是金色的布帘,与刨过的有树脂的板墙很相配。米洛奇卡用乡下的粗麻布做这个帘屏,自己用疟涤平,一种黄色的药液,染了它,那是和平时期在与泥炭加工地猖獗的疟疾斗争时储存下来的。代替椅子的是有年轮装饰的大树墩,它的下部有皱皮疙瘩的树皮。帘子的这一面和那一面各放着一张沙发床,那是用箱子做的,铺上草褥子,蒙上涂了疟涤平的粗麻布。角落里放着也是用树墩做的小柜子和种着各种鲜花的瓦盆,那是在战争两年中在房间里长出来的。在干净的地板上到处铺着长条粗地毯。在一张沙发床的墙上挂着阿列克谢·米隆内奇的猎枪。

米洛奇卡坐在金黄色的沙发床上把线缠成团。她对面的木墩上坐着她的谢廖沙，他手上绷着线，很难使战争中损伤的左手与好的右手持平，但他有点巧妙地没有露出他很不方便的样子。每逢出小小的差错或心里闪过对做好这事没有信心的时候，在他那敏感的眼睛中便像水中涟漪似的闪过惊恐的神情，准备马上道歉。米洛奇卡一看到这种惊恐神情，就马上显出很快活的样子，于是朋友的眼中也闪耀着欢乐。这是可爱的一对。大家看了都感到高兴。

总是使我惊讶和高兴的是，如果这样一对人出现在大自然，那么所有各种各样的鸟儿、野兽、花儿、植物的芳香、一切美好的东西都汇成一片并且白天黑夜都令人喜爱：白天有百灵鸟啼啭，夜里有夜莺鸣唱。

就是我自己，在一想到幸福的人儿时，就仿佛变成了我所喜爱的晚霞的歌手——有着金黄色喙的黑鸫。当雾从河上升起时，我像黑鸫似的坐到高大的云杉最上面的树枝上，唱着歌。是否有谁听到我唱——我不知道。我不是为自己歌唱，而是在指挥晚霞：我照自己的调子吹了一下口哨——整个天空就分成浅蓝的和红色的；用另一个调子时——蓝色的花边就降到红色上。这样，在天色尚没有全黑时，在我的鸟舌的哨声下，色彩不断地变换着。

也许，从这棵云杉的高处看得比人们想的更远。我吹着哨声，召唤人们怀着热爱去注视这些可爱的脸：世界上还没有这样的脸，它们是第一次成这样。尽快高兴吧，不然，它们，晚霞中的这些色彩稍稍待一会儿，变换着，就永远离开了。

"谢廖沙，亲爱的，"她说，"用胳臂把窗推开，让更多的空气到我们这儿来。"

谢廖沙后退一下，用胳臂推了一下窗——可爱的人就与大自然融在一起了。

"这么安静，"米洛奇卡像小鸟似的叽叽喳喳个不停，"我觉得，我从来也没有听到过这般寂静，只有鸫在啼鸣。你看见了吗？瞧，红色晚霞中的黑鸫。"

"看见了，它在云杉上面的枝条上，这是金黄喙的黑鸫。"

"瞧，谢廖沙，湖那边的雾卷起来了，仿佛有谁在猛抽烟似的，放出一圈一圈烟。"

"米洛奇卡，这是古代的鸟神坐在河边抽烟，现在它也只能抽烟：它的雌鸟已经在孵蛋了。"

"真的，在孵蛋。好了，我们也结束了，瞧，我们绕了多大一团。黄昏多美呀，到窗口来，睡前我们坐一会儿，遐想一下。"

两人坐到窗口一段圆木上，像蹲在炉口前的一对鸡那样，赏起黄昏的景色来。

"你在想什么，米洛奇卡？"

"我想，"她回答，"你是对的：养十只鸡——我们一个月至少需要两普特谷物，而我们半年里给自己才搞了三普特黑麦，燕麦更难搞到。我们把鸡换成油，只留两只鸡玩玩：我们的谷物够养两只。"

"必须养三只，"他回答说，"必须留一只公鸡。"

"啊，我怎么把公鸡全给忘了，但是，也许不用给公鸡喂燕麦，你怎么想？"

"那用什么喂公鸡？"

"土豆皮。它比母鸡容易生活，它不用生蛋。"

"不全是生蛋的原因，"谢廖沙回答节俭的女当家人，"不光是这上面要他花力气。有一次，我看见，早春时黑鸫唱着自己的求婚曲，因为卖力它的每根羽毛都在颤动。"

"你说得对，谢廖沙，我怎么也不能改掉照婆娘那样思考的习惯：一切都从自己出发开始想，一切都通过自己。应该像你这样照男人那样思考：不是看着自己，而是望着什么鸫鸟，结果就比较实在，比较广阔。"

"米洛奇卡，在看鸫鸟之前我也想的是自己。我在鸫鸟身上看到了自己。我应该向您学习这一点，通过自己来看一切。"

"而我要向您学习——正视现实。我应该与你连成一个人。"

晚霞渐渐地完全熄灭了。黑鸫停止了歌唱，在飞离之前，从高树上发出最后的哨声，宣告夜的降临。于是用驱逐惩罚人的古代的神把自己的好意还给了窗前的这两个人并交给他们继续进行被不服从中断了的世界的伟大创造。

二十八　篱笆旁

当晚霞消失、夜幕降临时，一切都沉睡在万籁俱寂中。无线电播送着情报局的战报，接着战报后的评述讲了一个可怕的情况：我们的营里只剩下一门没有准星的大炮和一发炮弹，而唯一保全下来的人看到，"老虎"坦克照直朝他开来。这时，在睡觉前,我把这一切都当作发生在自己身上:仿佛是我只有一发炮弹而放"老虎"过来扑向自己,只剩下一秒钟,一瞬间就解决一切:我还是"老虎"……

就在这时,寂静中有棍子敲谁家的篱笆,击打声引开了我内心里与这"老虎"搏斗的思绪。大概镇上许多人都有这样的事:每个人想自己的心事时,这种坚定执着的敲击声打断了每个人的思路。

"这不是敲我们的篱笆吧?"娜塔莎想,一边从被窝里坐起来,望了一下窗外,那里勉强可见自己家的篱笆,好像有人:敲的不是她家的篱笆,多半是找米洛奇卡的。娜塔莎的新丈夫睡得很沉。她在大榕树下的床上他旁边安顿好,开始想米洛奇卡的事,也许,这是她丈夫从前线回来了,在敲篱笆。

娜塔莎刚躺到丈夫身旁,突然敲击声又重新响了起来,似乎不在米洛奇卡家那里。

"也许,"她想,"因为黑暗错敲到那里去了,从那里传到这里来了。"

这时还想到,死去的丈夫阿尔乔姆实际上是下落不明,现在回来了,在敲篱笆门……她害怕得浑身发冷并十足有把握地对自己说:

"这是他!"

她马上想到了什么,便叫醒自己的朋友。

"快去!"她说,"去看看,谁在敲篱笆门,只是要好好问问清楚,别马上放人进来。"

他刚走出去,她自己就迅速跳起身,赤脚扑向窗口。她之所以派自己的新丈夫去，是为了免得羞愧和害怕，如果前丈夫依照原先的权利立即走进卧室的话。

朝窗外看了一眼，她立即明白，这种病态的恐惧像心跳一样敲击着。篱笆旁没有任何人。亚历山大·费利莫内奇回来后明确说，这是敲米洛奇卡家的篱笆门。

"是不是丈夫回到她这里来了？"娜塔莎问。

"哪里是什么丈夫！阿列克谢·米隆内奇是这么棒的小伙子，而这个流浪汉拿着棍子，一脸胡子。"

"胡子可能是当俘虏时长起来的。我们大家都见到伊万·加夫里洛维奇从俘虏营回来时是什么样子。去，再去，好好问问他。你自己从花园这边敲敲她家的篱笆，她睡在那里。"

"如果这是她丈夫回来了，"亚历山大·费利莫内奇回答说，"他怎么会不知道该敲什么地方：他可是第一个给自己盖的房子，还是亲手盖的。"

"你说计么呀！你想想，伊万·加夫里洛维奇回来时是什么样子。看得出，在那边人受尽了煎熬，回来时就变了个样。记得吗，最初那些日子我们大家都以为，伊万·加夫里洛维奇完全失去神智了。去吧，去吧，听见吗，又在敲了……"

因为这些讲话，睡意消失了，那就起来干活吧，但是娜塔莎支走了丈夫又躺下了，并沉思着，对米洛奇卡的轻率感到奇怪，因为她们俩的情况有区别：她是收到阵亡通知书的，而米洛奇卡却没有。娜塔莎的全部良心现在全维系在那张纸上，甚至会牢牢地维系着，假如伊万·加夫里洛维奇不奇迹般地回来的话。

"怎么样，看见什么了？快说呀！"当亚历山大·费利莫内奇回来后并平静地开始脱衣服时,她说。

"我问了流浪汉。"他说。

"这不是阿列克谢·米隆内奇?"

"哪里是——不过是个流浪汉,像棵死橡树似的不吭声。我绕过屋子,敲了她家的卧室窗。米洛奇卡在窗口嚷:听见了!——我就走了。等我穿过街,转身来看时——流浪汉不在屋子旁了。"

二十九　穿浅蓝衬衫的客人

魔鬼没有引诱米洛奇卡,她睡了,没有听到敲篱笆声,而谢廖沙读了很久在我这儿拿的果戈理的书,像瓦库尔铁匠那样,在圣诞节来临的夜晚为魔鬼划了十字并为了自己的米洛奇卡向女王奔去拿高跟鞋。

不是敲篱笆声吵醒了米洛奇卡,而是正好在有人敲窗时被子掉下来了,透过这近处的敲窗声听到了篱笆那里的敲击声。

"谢廖沙,"她叫醒自己的朋友,"去,亲爱的,去看看,谁在敲我们的篱笆?"

在谢廖沙走去并在篱笆那里与谁说话的时候,非常想睡觉的她来得及打了个盹,在短短的一刻里,像梦里常见的那样,时间混起来了,在一瞬间她一个人看到了平时一昼夜都看不到的东西。

"等等,等等,"她对回来的谢廖沙嘟哝着,"让我把梦看完。"

"米洛奇卡,"谢廖沙说,没有理会她的请求,"在那里到我们这儿来的人样子疲惫得不得了。"

"不，不，"她没有完全醒，回答着，"来的是好人：他穿一件浅蓝的绒布衬衫，领子敞开着。"

"醒醒，米洛奇卡，哪里是什么浅蓝衬衫，他整个儿疲惫不堪，连说话都非常吃力，但我好不容易明白了：他请求过夜。"

"那就放他进来呀。"

"怎么放！不能放这样的人进来。我说：'没有地方。''怎么没有？'他说，'你有两个房间。''你怎么知道？'我问。'放我进去，'他说，'快给我吃东西。''我给你拿土豆，'我回答。'就土豆吧。''我们没有地方可以过夜。''你们阁楼上有张折叠床，把它拿来给我。''你怎么知道？'他不作声。"

"谢廖仁卡，"米洛奇卡现在完全醒了，回答说，"我们阁楼上真的有这样的床，他怎么会知道的呢？"

"也许，在此之前在邻居们那儿了解到的。"

"邻居也不知道这一点，谁都不知道这张床。谢廖沙，你快点点灯，把它给我，自己拿上猎枪：这很可能是强盗来我们家了。我来照亮，你开枪。"

谢廖沙点亮灯、取下猎枪时，她想起了梦并回到梦境中，回到透过石头、透过铁的这浅蓝色光。

"不，谢廖沙，这多半不是强盗。我做了个不寻常的梦，在非常好的什么东西面前的浅蓝色的梦。"

这时煤油灯的黄光照亮了房间，门开始悄悄地打开了，手拿棍子的不速之客慢慢地向门移步，在门口停住了。

这个人身上一切都是黑乎乎的：大衣，胡子，帽子——在昏暗的煤油灯光下与影子融合在一起。整个人黑幽幽的身影上留下的是挂在空中的很白的圆脸,脸上是两只有红边的灰色大眼睛。对于米洛奇卡来说,像在梦中一样,浅蓝色的光来自于那双眼睛。她一下子认出了:

"是你?"她像问幽灵似的。

挂在空中的眼睛眯起来,慢慢地开始落定在附近的东西上,低沉的嗓子仿佛从远处回答似的:

"是的,是我。"

米洛奇卡慢慢地似乎是脸和胸向前走去迎接幽灵,而仿佛忘了双手,因此它们落在后面。她急忙走过去,自己则觉得:心扑过去了,腿却勉强移动着,双手也落后。

"你是阿列克谢?"

"是我。"

米洛奇卡走到跟前,于是双手自己举了起来,拥抱着幽灵,而两腿弯曲起来,仿佛是为了让双手一边下移一边能摸他的整个身体并相信是他。

当膝盖碰他时,米洛奇卡全身倒到他的脚边,泪水从她眼里流出来,弄湿了他的脚,犹如春天神圣的雨滴从天上掉下来,润湿了被寒冷和暴风雪摧残的土地一样。

而谢廖沙这时就这么拿着猎枪站着,准备着。他的脸上出现了红晕,消失了,又在各个地方显现出来。大概,这是他的热血、活血沿着血管奔流并汇集到我们都能感到的心的地方。后来,在不露声色的外表下心定了,踏实了,一切都很明白,谢廖沙站着只是等候米洛奇卡的吩咐:她怎么吩咐,他就怎么做。

"谢廖沙,"她喊了起来,"亲爱的谢廖沙!你干吗拿着猎枪站在那里！快把猎枪扔了，傻瓜，去拿盆来：明白吗，什么客人到我们这里来了！先去阿里莎那里，对她说，阿列克谢·米隆内奇回来了。去娜塔莎那里，叫醒她，要点酒，对她说，米洛奇卡有高兴事——阿列克谢·米隆内奇回来了。也要去安娜·亚历山德罗夫娜那里，求她拿一条绒被和干马林果，告诉她，米洛奇卡有高兴事：阿列克谢·米隆内奇回来了！"

谢廖沙就跑去要东西了，锌盆在黑暗中碰到树杆发出响声。而米洛奇卡拖来柴，点燃了，又跑去打水，把水放到燃烧的炉子上，茶炊马上就热了。

而流浪者坐在桌旁，手掌撑着沉甸甸的头，他心里的痛苦是沉重的。身子被冷雨淋透了，冻僵了，不听使唤。米洛奇卡要烧许多热水，要有温暖的空气，让他暖过来，烤干，也许，还要用生活的欢乐点燃和照亮他的整个心灵。

三十　关于友谊

阿列克谢·米隆内奇回来后的第二天，当然，不仅仅我们全镇像蜜蜂窝那样骚动了，村子周边很远的地方女人们都在彼此传递着"真理之泉"镇上发生的奇事：老丈夫从前线回来了，新丈夫为他在镇上张罗盆和被子。但是我感到奇怪的不是人们嚼舌头这些事，而是，对于这样的事来说，似乎热闹少了，似乎夹住了流言蜚语这个富有生命力的野兽的尾巴。

光明从伊万·加夫里洛维奇家落到这件奇怪的事上：米洛奇卡在安娜·亚历山德罗夫娜心中找到了完全的理解。参与到我们这位最受尊敬的妇女的庇护中来的，还有伊万·加夫里洛维奇,他逐渐在康复,仿佛从前线给我们带来了新的友谊。

"你们怎么想,"他微笑着说,就像长者对小孩子们讲他亲眼所见的事,而他们只是听着。"不可能是别的,你们满怀信心地等着:真正的友谊会从前线来到你们这里。你们在这里给自己盖房子,一个人成功了,另一个人没成功。你们争论起来,又嫉妒,又伤心,而那里对大家来说任务是一样的:为大家砍树盖房子。"

"对,"后方的人对他说,"只是我们以为,您在那里已习惯于面临死神了,因此穷尽了生活的欢乐。"

"不,"伊万·加夫里洛维奇回答,"你们这里一个生命触及另一个生命:一个人,也许,没有活到二十岁——还没有死去,而另一个人望着他,就开始为自己担忧。我们那里为自己的生命而恐惧是短暂的。来一个人,他什么都没有,他不隐瞒,不说假话。你跟他很快成了朋友。一瞬间那人就成了生死之交,而过一小时他就在你旁边死了。又来了新的人,你跟他也是瞬间就推心置腹,他也成为你的朋友,又像朋友那样走了。那里一切都是共同的。有时候有短短的一瞬间甚至会怀疑:这是你的朋友还是你自己死了?"

是的,可以坚定地说,这使我们很高兴:伊万·加夫里洛维奇从前线带来了友谊。这好像很令人惊奇——开过枪、刺杀过,也被人家射击过、开过枪,差一点牺牲,而末了,当他恢复时,开始颂扬友谊和生活。

当然有这样的人,听着伊万·加夫里洛维奇讲,从这个高度看待米洛奇卡并理解她。

三十一　找不到终了

这个时候我产生一种特别的想法并开始折磨我。每天早晨我去检查我们的窄轨铁路时,不是带着过去早晨的平静念头,仿佛受了刺激,受了惊吓。

米隆·伊万诺维奇像以往一样从城里来迎我,但是我与他却未能谈话。可是有一天,我与他在会让站相遇,坐下来抽烟,他问我:

"阿列克谢·米哈伊洛维奇,你现在在读什么或者已经放弃了?"

"还没有放弃,"我回答,"但我的情况不好:我动摇得很。我和你读书有什么好处!这生活中断了——找不到终了……"

米隆·伊万诺维奇低下头:看得出,他自己也不能把时间联系起来,但是,对我来说好的是,可以向谁倾诉并通过这理解自己本人。

"瞧,米隆·伊万诺维奇,我和你的困难来自于时代:我不止一次跟你说过,我的导师,我的这十个智者向我们展示的全部生活仿佛是经过周密思考的,联结起来的——我和你吸取这一智慧并且已经补充了自己的东西。而现在来临的是这样的时代:生活被破坏了,对此没有答案,你自己应该联系。瞧我和你陷入了困难的境地:那些智者没有制定我们的生活规则,而年轻人似乎可以没有我们的规则,好像我和你生活在修道院里似的,那里一切都为小人物想好了,而现在当我们这个修道院被破坏时,我们就会觉得,没有避难处的生活是野蛮的,可怕的。"

"对你来说,"米隆·伊万诺维奇问,"我们的智者的思想在哪一点上不够?"

"对爱他们有思想,但是他们没有讲报复的话。"

"你干吗要报复?"

"哎,你这个老木头疙瘩,"我生气地说,"我不是自己要报复,报复是为了用公正把时代联系起来。智者教我们宽恕一切,仿佛我们的敌人全只是个人的敌人:我愿意——就宽恕,甚至可能还会爱上对方。那么,如果他折磨我的朋友呢?那时我该怎么办?难道也要宽恕和走开吗?"

我记得,打死亚历山大二世时,那时我年纪还小,即使这样我心里也知道,不是就这么简单地打死他的,这打死是有思想的:人们是为了人民才这么做的,正是为了爱人民他们才能去死。那么为什么伟大的作家——智者成为宽恕沙皇的人呢?

米隆·伊万诺维奇沉思起来,突然问:

"那么莱蒙托夫的恶魔呢?"

"恶魔,"我挥了一下手,说,"这是神灵,他是个不公正的神灵,而我需要的是正直的不宽恕的人。"

对这些话,米隆·伊万诺维奇没对我说什么。我们就这样不快地分手了。我这个有罪的人痛苦地想着他:他生活了多少年了,读了许多书,斗争过,总是往哪儿走啊走,但是走不远。

三十二　不戴帽子

阿列克谢·米隆内奇很不容易恢复健康。当他已经开始明显地康复时,仿佛是朋友们强加给他生命似的,他带着某种秘密的保留条件接受它。

当米洛奇卡去工作时,安娜·亚历山德罗夫娜代替她为他做饭,照料他。我和伊万·加夫里洛维奇也经常去他那里,给他朗读,让他丢弃痛苦的思绪。他听着,看起来很专心,只是从他的眼睛可以看出,他不像我们理解的那样,而是把我们的话变成我们不明白的他自己的语言,甚至在谁都无法忍住笑的那些地方,他也从来不笑,只是在米洛奇卡出现时,眼睛里才出现一丝笑意。

谢廖沙这段时间搬到哪儿去了,但是常常来帮助米洛奇卡。在房间里做事时,他常常捕捉到病人专注而痛苦的目光,于是便开始脸红,说每句话都结巴。这种忸怩不安,看来使病人得到某种满足。每次谢廖沙结巴时,阿列克谢的眼睛就漾起笑意,有时甚至脸颊和嘴唇也动弹起来。这很像给一个准备了结尘世生活的濒死的人脚边放上一只心爱的小狗,它舔着他的胸部并紧张地注意着、等待着他睁开眼睛,这时的病人往往会睁开眼睛,用微笑回报小狗的爱。

我们照料病人就像照料亲人一样。渐渐地他开始快活起来,后来开始起床,散步,但是聊天只聊最简单的,他特别喜欢向谢廖沙打听鹌鹑和动物的习性。对大自然生活的这种关注,在阿廖沙身上是种新东西,很快到了这种地步:他与谢廖沙一起在泥炭池塘里用固定渔网捕鲈鱼、鲫鱼、冬穴鱼。从旁看来,现在可以把他当作完全健康的人,只有我们,接近他的人,才明白,他不是就这样沉醉于感受生活的欢乐,而只是凭借这一点每小时每分钟都在想自己的心事。

有一天他拿着网和鲫鱼走过我屋子,对着我窗口说:

"阿列克谢·米哈伊洛维奇,请把果戈理的《可怕的报复》借给我。"

当时,犹如地下的力量震撼大地似的,我的心突然受到了震动:此刻,按我现在的理解,可怕的报复者那游荡的影子走到我这里了……

"你要《可怕的报复》干什么?"我问。

但他回避了,回答说:

"不知怎么的冒出来这个念头:想读一读。"

我给了他果戈理文集第二卷。他拿了有果戈理金色画像的红色山羊皮面的书,很快就离开了我。我还有印花布面的另一个版本。我也拿了书,开始读起《可怕的报复》来。常常有这种情况,我心里已经知道,我在阅读中要寻找什么,因此每一个章节并没有为我揭示什么新东西,而只是把很久以前放在心上的东西带到世界上来。

五十年前我第一次阅读《可怕的报复》,从那时起读了许多遍。每一次重读在读到可怕的话时,人都会蜷缩起来,犹如绿色的啤酒花蜷曲着攀上干树的树干。只是在已经年老的时候,当我攀上《可怕的报复》里那些枯燥的话的高处时,我周围才展现出无边无际的辽阔;当云散开时,我亲眼看到了喀尔巴阡山上有着一双死气沉沉的眼睛的可怕的报复者,他投下的影子在整个大地上移动。

只有当死去的巫师的骨头现在震撼着我们大地,我的灵魂与全世界一起震颤时，我才突然明白，为什么像我这样狂热的阅读爱好者把果戈理与我心爱的智者分隔开来：在果戈理笔下，所有的人身上都有报复者的影子，而我想活下去，我像啤酒花一样蜷曲着，只要设法走出这可怕的阴影。

有一次，大阳下山时，我走到栅栏外，坐到一块石头上，背靠着篱笆。我陷于沉思，自己缩成一团，回想着半世纪前的时光。当时坐在监狱里，我觉得，是为了大地上全世界的真理。那时我知道得并不多，我的生活经验并不丰富，但我还是为真理坐牢。最聪明最有学问的检察官来审问我。从我的真理高度来看，他就像一只可怜的小狗，几乎是怕我。当我问他关于真理的问题时，他负疚地微笑着，仿佛不是他检察官审问我，而是我这个二十岁的小伙子审问他。

过了半个世纪，阿廖沙，如我看见自己那种样子，一个俄罗斯的小伙子，依然像过去一样捍卫真理，已经不是哪个俄国的检察官，而是也以战争的形象出现的全世界的魔鬼本身，始终无法对付小伙子。

"你干吗在这里萎靡不振的，阿列克谢·米哈伊洛维奇？"我听到自己上方一个熟悉的声音。

我看见，我的同名人阿廖沙本人穿着外出的衣服站在我上方，他打算去什么地方。

"动一下，"他说，"我与你告别，《可怕的报复》我留在你桌上了。我之所以找你，是因为我打算，亲爱的，完全离开了。"

他递给我一包纸：用米洛奇卡名字的各种委托书和信。

我当然明白他的意思，便问：

"你不是因为见怪才离开吧？"

他平静和宽厚地笑了起来。

"让别人这么说吧，只不过不是你，阿列克谢·米哈伊洛维奇，你是完全了解我的……什么时候我为了自己个人的事跟谁吵过架，或者见怪过？你也了解米洛奇卡：现在我只要对她眨一下眼，她会跟着我去天涯海角，因为她跟我去天涯海角不是为了自己，她给自己找到的力量和决心的源泉就在这里，而她爱谢廖沙是为自己，只是为自己。我就想承担生活的全部难处，使她过快活的日子。

"我请你将此消息保密三天，等我走远了，再把这些文件给她。我很怕米洛奇卡知道后不能承受这事，不想与我告别和接受为自己的爱情。"

"我理解，阿廖沙，"我说，"如你嘱咐我那样，我会保密。但是，如果不是见怪，那就是说，你离开的原因是要给米洛奇卡幸福？"

"当然不是，"他说，"如果只是为了米洛奇卡，我可以安排得简单些。我有自己的职责。"

他十分准确地对我转述了我自己的思想：时代是用报复和真理联系起来的。

"你记得，"他说，"在与万尼亚争论时我的古老的'不宽恕'的想法。现在这'不宽恕'变成可怕的报复。我要像战争的影子，像这可怕的骑士的影子到各处去。"

"但是你要记住，"我说，"有着死气沉沉眼睛的骑士受到惩罚,是因为他向上帝请求太多的报复。"

"跟上帝的这种约定,阿列克谢·米哈伊洛维奇,与我无关。我只是去追求真理,像可怕的骑士的影子:上帝与我没有丝毫关系。"

"怎么与上帝没有关系呢?"

"没有时间来研究这个问题了,"他回答,"或者像以前那样,去寻找上帝。现在我不会浪费一分钟:在我们俄罗斯找上帝找够了,我知道一点:我去找真理,去实现真理,而上帝,如果有的话,让他自己来找我吧,他有的是时间……"

他就这样与我告别,为了在城里得到派遣去遭到破坏的地方工作。我从头上脱下帽子,拥抱他,作了告别,并且不戴帽子长久地站着,望着他的背影,心里重复着:

"阿廖申卡,我亲爱的儿子,让上帝找到你和帮助你这个可怜人,除去你的痛苦:理解一切,什么也别忘记,什么也不宽恕。"